libretto

GEORGES ARNAUD

LES OREILLES SUR LE DOS

roman

libretto

ISBN : 978-2-36914-243-0

Georges Arnaud, de son vrai nom Henri Girard, est né à Montpellier le 16 juillet 1917. Issu d'une famille bourgeoise, il est un enfant très turbulent. Le décès de sa mère alors qu'il n'a que neuf ans n'arrange rien, pourtant, à quinze ans, il obtient un double baccalauréat qui lui permet de s'orienter vers des études de lettres puis de droit. À vingt et un ans, il se marie avec sa première femme (il en aura quatre), Annie Chaveneau. Après avoir été réformé de l'armée pour insuffisance musculaire, il entre au ministère du Blocus où il passera toute la drôle de guerre. En juillet 1941, il est arrêté par de mystérieux Allemands qui le relâcheront après avoir touché une rançon de la part d'une de ses tantes… escroquerie de la part de Georges Arnaud ? Quelques mois plus tard, il se rend au château familial, à Escoire dans le Périgord, dans le but de partager avec son père ses doutes concernant son éventuelle entrée au Conseil d'État. C'est alors son père, sa tante et une domestique qui se font assassiner à la serpe ! Georges Arnaud est le seul survivant. Aussitôt il se fait inculper et passe dix-neuf mois en prison. Sa libération n'est le fait que de son avocat, ancien ami de la famille, Me Maurice Garçon.

Georges Arnaud reste encore quelques années à Paris, mais en 1947 il embarque sur un cargo pour l'Amérique du Sud où il compte bien se faire oublier. De ces années, durant lesquelles il exerça mille métiers plus ou moins frauduleux, il tirera ses meilleurs romans, dont *Le Salaire de la peur* (1950) qui sera adapté au cinéma deux ans plus tard par Henri-Georges Clouzot avec Yves Montand dans le rôle principal (Palme d'or et Ours d'or 1953). De retour en France en 1950, il publie coup sur coup reportages, théâtre, nouvelles, romans dont *Les Oreilles sur le dos* (1953). Il s'engagera férocement contre la guerre d'Algérie où il ira s'installer entre 1962 et 1974 et où il contribuera à la création d'une école de journalisme et à celle du Centre National du Cinéma.

De 1975 à 1981, de retour en France, retour en partie dû à la tuberculose, il participe à de nombreux grands reportages. En 1984, avec sa dernière épouse, ils partent s'installer à Barcelone où il décède en 1987 d'une crise cardiaque.

– Excusez-nous, Seigneurs. Faites-nous la faveur de lever les mains.

Dans la salle – nickel et Ripolin – du *Copacabana*, le somptueux bistrot de la place de la Constitution, des agents de la Sûreté, maigres, hargneux et peureux, avaient recours aux ressources de la courtoisie espagnole pour envelopper de ménagements cet épisode de leur sordide besogne. Leur chef crachait à terre par intermittence, tandis que ses subordonnés circulaient autour des tables, demandant leurs papiers aux consommateurs. Au fond de la salle, accroupi devant une banquette, un petit cireur de bottes reculait à genoux vers sa boîte à brosses, tandis qu'un gros homme assis là, rouge comme une rosette de la Légion d'honneur, assurait avec des doigts fébriles les boutons d'un pantalon de drill kaki. Les garçons se retiraient vers l'office, croulant sous le poids d'armes automatiques confiées par des clients apeurés, qui les avaient accompagnées de pourboires hâtifs. Dans son encoignure, la caissière, avec un roucoulement de gorge, retirait sa main droite et son sein gauche de l'emprise du gérant, un type luisant qui lui jurait un amour éternel et la priait de croire à un désir dur comme fer.

– Et qui êtes-vous pour demander à voir mes papiers ? glapissait un gros homme, le seul de l'assemblée, sans doute, à jouir de naissance de la citoyenneté néo-grenadine. Qui êtes-vous, petit vagabond sans vergogne, pour adresser la parole à un élément très responsable comme j'en suis un ? Je considère avec mépris les parties intimes de Madame votre Mère.

Le gros se rassit avec importance ; il ajouta à la cantonade :

– Il y a des choses que je ne peux supporter. Je suis très néo-grenadin.

Le remue-ménage se développait. Du bout de leurs doigts spatulés, aplatis à force de s'être insérés entre des liasses de billets qui parfois leur appartenaient, des grossiommes du pétrole ou de la politique la plus étroitement municipale extrayaient des coupe-file de leurs poches. Le long des murs, des juifs maigres, à voir cette invasion policière, évoquaient dans leur langue natale des souvenirs d'Europe centrale. Deux rangées plus loin, un juif gras les observait avec sympathie et mépris à la fois ; il faisait à leur sujet des remarques désobligeantes qu'il communiquait à tue-tête, avec l'accent d'Oxford, à un Yankee taciturne.

Niemaïev, le Russe blanc, contrebandier notoire, un des grands trafiquants du continent, poursuivait sa conversation avec Vedansky, le chasseur du *Cyro's*. Seuls leurs monocles, la manière dont ils brillaient à chaque coup d'œil vers la salle, pouvaient donner à penser que quelque chose les préoccupait.

De vraiment calmes, il n'y avait que trois personnes : l'assassin de Kousko, qu'accompagnait sa maîtresse ; et le cadavre : un petit vieillard sec et chauve, tout blanc, qui pissait modestement un filet de sang par chaque oreille. De son vivant, son absence de préjugés lui valait le surnom de Mangemerde. Aujourd'hui, Mangemerde avait un sale petit air, assez énervant, de dominer la situation. Le coup de bouteille qui lui avait valu de passer à l'éternité n'avait pas changé l'essentiel de ses traits qu'on eût dit gravés sur un bloc de plâtre. Un seul de ses sourcils s'était détendu, il semblait cligner de l'œil. Un filet de salive sanglante se faisait un chemin vers son col dur. Il restait accoté à son coin de banquette; sa nuque reposait sur la galerie où les clients déposent leurs imperméables à la saison des pluies, son visage était parfaitement visible. Jackie Crocs-de-Jonc, qui venait de le tuer, était un homme d'une quarantaine d'années, vêtu d'un complet prince-de-galles de bonne coupe. Il avait des épaules larges, le teint hâlé sur fond pâle, de grosses boucles brunes, des yeux bleus très clairs, le long nez et les longues mains implacables des moines de l'Inquisition. Son maintien était nerveux et élégant, son parler rapide, sa voix placée juste dans le baryton, avec des inflexions brusques et basses. Revenu à sa table, il expliquait posément à sa voisine, une rousse artificielle à la poitrine arrogante et aux yeux quémandeurs, que la vie de Mangemerde était de peu de prix, et que les formalités policières seraient certainement terminées vers midi et demi.

– Tant mieux, lui répondit-elle, si on arrive à l'*Avila* après une heure, les meilleurs plats sont partis et il ne reste que du poulet. Du poulet dans un pays pareil… J'aimerais mieux ne pas déjeuner du tout. Garçon, donnez-moi un autre Cuba Libre.

– Je ne peux vous servir que du Rhum and Coke, madame. Le gouvernement a interdit la boisson dont vous venez de prononcer le nom. Il la trouve antidémocratique.

– Quel bordel, grommela Jackie. Un Rhum and Coke pour madame et un scotch pour moi. Tu vois, ce qu'il y a de grotesque dans tout ça, c'est qu'ils vont me demander mes papiers le dernier, et il est déjà midi moins dix. Si ça traîne trop, Monica, tu partiras devant pour l'*Avila*. Tu leur diras de me garder un steak tartare avec de la vodka et du piment frais. La voiture est au parc Siméon-Bolo. Je te rejoindrai en taxi.

Monica sortit son poudrier et commença à râler parce que son rouge à lèvres n'allait pas avec la nouvelle teinte de ses cheveux.

– Arrête un peu tes conneries, coupa Jackie. « Quand tout ça va être fini, je vais avoir un plaisir à te prendre par un pied et à te filer à la lourde, ajouta-t-il en pensée. Qu'est-ce qu'elle se croit, cette pochetée. Il est vrai qu'elle a un drôle de coup de reins, la sœur. »

Suivant probablement le cours des pensées de Jackie, les seins de Monica se mirent à pointer. Ils échangèrent un regard, elle et lui, et se plongèrent dans une rêverie qui les mit l'un comme l'autre dans un drôle d'état.

Les agents de la Sûreté poursuivaient leur investigation méthodique. À tout hasard et à toutes fins utiles, ils embarquaient systématiquement les clients qui se laissaient intimider par leur sévère apparence genre « Je sais ce que je sais ». Leur butin était médiocre : un apatride blond de type aryen, le juif gras, un des juifs maigres. Encadrés par des sbires aux yeux veloutés et aux gestes emphatiques, tous trois, alignés sur le trottoir, échangèrent d'abord des regards méfiants, puis des cigarettes américaines, enfin des remarques exprimées en yiddish.

Autour d'eux, des déguenillés malveillants s'étaient groupés, émettant des jugements dénués d'urbanité sur le compte des trois Portugais. C'est ainsi que les citoyens de la Nouvelle-Grenade désignent ce qui chez eux tient lieu de métèques. Un lépreux, abandonnant pour un instant l'exercice de la mendicité, se montrait particulièrement agressif :

– Ils crèvent donc de faim dans leur pays, qu'ils viennent faire des crimes dans le nôtre ! hurlait-il en agitant des moignons pleins de sanie sous le nez du juif gras.

Impartial, un agent en uniforme prononça la formule sacramentelle :

– Dieu et Fédération, je t'arrête. Quinze jours de cabane, le moins, le moins… Scandale et rébellion.

Le malade fut intégré au groupe des prisonniers. Compatissant, bon Samaritain avec ostentation, le juif maigre lui refila le mégot de sa Chesterfield et commença, avec des mots très simples, à lui parler de Spinoza.

À l'intérieur de la salle carrée du *Copacabana*, l'opération de police s'achevait par le plat de résistance. Derrière les hauts percolateurs nickelés, un garçon laissa échapper une tasse qui se brisa avec un petit fracas, puis, à cette occasion, fit retentir le nom du Seigneur, qu'il accusait de mœurs contre nature.

– Faites taire ce vaurien, il y a des dames, glapit le chef des Investigateurs d'un ton outré. Puis-je prier Votre Grâce de me faire voir ses papiers, dit-il, se tournant avec déférence vers Jackie.

Celui-ci tendit son passeport à l'argousin. À côté de lui, Monica revint à un rythme de respiration plus normal, cessa de se balancer sur son siège. Seules les pointes de ses seins continuaient à donner signe de vie, autonomes et provocantes.

– Le Seigneur est français ? demanda le poulet. Parle-t-il couramment le castillan ? Puis-je lui demander de m'expliquer ce qui s'est passé ? continua-t-il avec un coup d'œil vers le cadavre de Mangemerde.

Ce dernier, insensible à l'éloquence de ce regard, le soutint sans sourciller, mais ne le lui rendit pas.

– Comment donc, *hombre* ! répondit Jackie avec aisance. C'est un plaisir que d'éclairer la conscience d'un cavalier comme vous. Voilà : j'étais assis ici avec madame, qui est la cousine germaine de la mère de mon beau-frère.

– Ah ! Madame est de votre famille ?

– Oui. De ma famille très proche – surtout passé minuit, compléta-t-il in petto. Mais au fait, je vous présente : señora Monica de Herrand y Herrero… Le cavalier Juan Sánchez, n'est-ce pas ?

– Non, Pedro Gómez.

– C'est ce que je voulais dire, je vous demande un million de pardons, Pedro Gómez. Scotch ?

– J'ai une préférence pour la crème de banane à l'oreille d'iguane, mais je ne voudrais pas abuser.

– Comment, abuser ?…

La conversation se perdit un instant en civilités minutieuses, commandes au garçon et toasts extrêmement enthousiastes, puis par un habile détour revint d'elle-même dans le vif du sujet :

– Cet individu ne cessait de regarder Mme de Herrand qui ne tarda pas à s'en trouver incommodée. Comme il est de coutume entre personnes de notre rang, elle s'en ouvrit à moi, je me levai et allai trouver à sa table ce fils de peu pour lui intimer l'ordre d'avoir à adopter une attitude plus conforme aux bonnes mœurs.

– En quels termes Votre Grâce s'adressa-t-elle à cet homme ? demanda le policier.

– Je ne me les rappelle pas exactement, mais je pense qu'ils ont dû être assez violents. En avez-vous conservé le souvenir, Monica ?

– Pas exactement, mon ami.

– On m'a dit – je prie madame de m'excuser – que vous l'avez appelé « enculé de merde ».

– Je ne pense pas avoir été aussi modéré ; quoi qu'il en soit, ce triste personnage répondit insolemment, me citant un proverbe français qui dit qu'une vache a bien le droit de regarder un évêque. Vous avez une mère, cavalier, poursuivit Jackie sans prendre de risques. Vous serait-il agréable d'entendre mentionner dans une même phrase une de ses proches parentes et une vache ? Non, n'est-ce pas ?

Aux abords de la porte, le Yankee s'expliquait avec un flic, lui brandissait sous le nez une lettre à en-tête de l'ambassade, puis la lui arrachait en criant :

– Ne faites pas semblant de savoir lire, vous, fils d'un animal.

– Nous les Français, nous ne sommes pas des Portugais,

continua Jackie Crocs-de-Jonc, n'éprouvant point de scrupule à faire un peu de démagogie. Nous avons le sang chaud. Je vous le demande, à ma place, vous, citoyen de la Nouvelle-Grenade, qu'auriez-vous fait ?

– Bien sûr, dit au petit bonheur le poulet.

– Je ne vous le fais pas dire. Je levai la main sur lui. Il eut un regard atroce, un regard de haine vers la fleur d'innocence et de chasteté qui m'a fait l'honneur d'accepter avec moi un ice-cream soda. La brute porta la main à sa poche revolver. Le crime se lisait dans ses yeux injectés. Ce crime, je l'ai évité en le tuant. Avec cette bouteille.

– À votre santé, dit le poulet. Que Dieu bénisse madame et que la Vierge la protège. Monsieur, vos explications me satisfont pleinement. Ainsi, j'ai l'honneur d'être assis à la table d'un Français. Connaissez-vous Paris, monsieur ?

– La Ville Lumière, enchaîna Jackie avec conviction.

Midi vingt-cinq. Il n'y a que dix minutes de voiture jusqu'à l'*Avila*. Jackie a nommé Montmartre, parlé de Casque d'or ; il y a eu des rires gras à propos de la légèreté des Françaises ; des coups d'œil d'excuse vers Monica qui les a pudiquement ignorés. Une voiture de la Sanidad est venue enlever les restes de Kousko, dit Mangemerde. Le gérant ne voulait pas le laisser partir sans que sa consommation fût réglée, mais Jackie a eu un geste rassurant.

– Son addition est pour moi, dit-il.

L'indifférence générale se fait plus pesante autour du groupe que forment le tueur, la poule et Gómez. Celui-ci, après un silence qui lui paraît tenir lieu de transition, arrive au plus important :

– Voyez-vous, Jackie, les voyages, ça m'a toujours tenté. Je ne suis pas fait pour la vie médiocre de Granada. Enfin... Mais il y a un voyage que je dois faire, que je le désire ou non : c'est après-demain l'anniversaire de la mort de ma mère...

– Que le paradis lui soit hospitalier.

– Amen… Et il me manque deux cents dollars pour aller fleurir sa tombe à Maracay où elle est morte en exil, monsieur, sa santé ruinée par les privations qu'elle s'était imposées pour nous élever, mon frère et moi. Ma mère était une sainte…

– Vingt dollars, pas plus, coupa Jackie.

– Soit. Que Votre Grâce soit remerciée, dit Gómez, et qu'en toutes circonstances elle fasse état de moi comme d'un ami, à la vie, à la mort.

« Une seule formalité reste à accomplir, poursuivit le poulet après avoir inséré dans sa cartouchière le billet vert que Jackie lui avait glissé. Les ordres du citoyen-sénateur préfet de police, général Gómez – mon cousin –, sont formels : toutes les fois qu'une discussion entre étrangers a entraîné mort d'homme dans un lieu public, les survivants sont tenus d'en faire la déclaration aux bureaux mêmes de la préfecture.

– Cet après-midi, je passerai, dit Jackie.

– Je suis navré, sur-le-champ. Ne m'en veuillez pas. Je suis avant tout votre ami, mais le devoir est le devoir.

Gómez cracha dans son verre vide.

– Soit. Allons-y maintenant. Monica, voulez-vous aller m'attendre à l'*Avila* ?

– Il vaudrait mieux que Mme de Herrand se joigne à nous, fit observer judicieusement le policier. Elle est le principal témoin, n'est-ce pas ?

Jackie Crocs-de-Jonc n'aima point la tournure de l'entretien. Toutefois, son expérience l'incitait à liquider la question tout de suite. Vingt dollars à ce sous-fifre, cinquante sans doute au sous-directeur de la police nationale, à déduire de la somme forfaitaire que l'AREC [1] lui allouait pour ses frais, ça laissait encore un assez gentil bénéfice ; surtout venant en complément de ses honoraires, de sa prime d'opération et de son allocation compensatoire d'arrestation.

1. *Asociación Revolucionaria de Expansión Continental.*

« Ça fait quand même un coup de bouteille d'environ sept cents dollars, tous frais payés », conclut-il dans son for intérieur. Évidemment, il aurait été plus simple de plomber Mangemerde au sept soixante-cinq à un coin de rue ; mais le caractère spectaculaire de l'impunité est indispensable aux exécutions de ce genre.

– Allons-y, termina-t-il tout haut à l'adresse de Gómez.

Soudain celui-ci parut embarrassé. Il murmura une phrase bafouillée, où il était question d'ordres supérieurs et impératifs, exécuta un geste gauche vers la poche de sa vareuse, retira une sorte d'ornement nickelé et annelé... Fort d'un passé d'aventures pas toujours triomphales, Jackie reconnut l'objet pour une paire de menottes.

– Qu'est-ce que c'est, cette salade, espèce de petit con ? demanda-t-il à Gómez de plus en plus confus.

– Seigneur, mes instructions...

– Tu paries que je te balance un contrordre sur le coin de la gueule, qu'après ça, il faut faire une enquête pour te retrouver ? Non, mais, espèce d'ordure ! tu les as eus, tes vingt dollars ? Remets ça dans ta poche. Vite.

Il avait attrapé le policier aux revers, et le secouait d'une seule main d'un air furieux et pourtant indécis. Son poing droit se balançait, disponible et inquiétant.

L'attention de la salle, réveillée par la voix rageuse du Français, se porta de nouveau sur le groupe dont il était le centre. La beauté de Monica accroissait l'hostilité du public à l'encontre du policier. Invoquant une fois de plus sa qualité de Néo-Grenadin, le gros homme arriva, roulant des épaules et des fesses. Gómez commençait à regretter son geste :

– Hors d'ici, moins que rien, lui ordonna le gros. Un mot, un geste, et je te tue et je te fais révoquer. Allez ! dehors ! le Seigneur français et madame sont mes invités d'honneur, ils te rejoindront quand il nous plaira. Ton manque de culture marque d'une tache ineffaçable l'honneur de la Nouvelle-

Grenade et risque de maculer l'impérissable gloire de Siméon Bolo. Qu'est-ce que vous prenez, amis ?

Après plusieurs tournées de scotch, l'admirateur se calma. Cette tentative pour se hisser au premier plan de l'actualité l'avait mis dans tous ses états.

C'est avec la tête légèrement flottante que Jackie et Monica montèrent dans la voiture de police. Seuls sur le siège arrière, ils tentèrent de remettre de l'ordre dans leurs pensées.

– Pas de temps à perdre, dit en riant Crocs-de-Jonc. Ces trucs-là, on sait quand on y entre, on sait pas quand on en sort. Encore une fois avant de mourir, Monica.

Leurs mains se joignirent, puis, faute de mieux, se séparèrent, allant à des tâches réciproques.

☆

– Lecture faite, persiste et signe. Seigneur Jack de Saint-Simon, dit Jackie, Mme Monica de Herrand y Herrero. Je vous remercie.

Les Français paraphèrent dans les formes la version officielle du meurtre qu'ils venaient de commettre. Dans la pièce aux murs nus, un buste de Siméon Bolo sur fond violet, indigo, bleu, les couleurs nationales de la Nouvelle-Grenade, semblait regretter que la dactylo assise en face de lui gardât les genoux si étroitement serrés. À contempler les yeux fatigués des filles, le teint maladif des agents, on se disait d'ailleurs que, passé les heures de boulot, il devait en voir de drôles, le Siméon.

Comme Jack et Monica s'approchaient de la sortie, une porte capitonnée s'ouvrit à leur droite ; un gentleman aux cheveux gris s'inclina en craquant devant Monica :

– Voulez-vous me permettre, madame, d'avoir un bref entretien avec M. de Saint-Simon ?

Monica fit la moue, alla s'asseoir dans un des fauteuils réservés aux visiteurs. Jack lui sourit et suivit dans son bureau le directeur général de la police.

☆

– Hallo, Jackie !
– Hallo, général !
– Vous avez été bien brutal, ce matin, Jackie.
– Vous savez à quelle famille j'appartiens, général. Je ne suis pas homme à souffrir qu'on soit grossier avec une femme, à plus forte raison s'il s'agit d'une femme que j'accompagne.
– Bien sûr, Jack, bien sûr. Quoique, pour ce qui est de votre famille, à votre place, je ne la brandirais pas trop. Vous savez ce que le consul général de votre pays raconte partout ?
– Le consul raconte quelque chose sur moi ?
– Que vous êtes venu de Cayenne, mon ami, il y a onze ans. Et que votre vrai nom, c'est Prunier. Oui, Prunier, le perceur de plafonds de la bijouterie d'Aix. Voilà ce qu'il dit.
– C'est grotesque. Mon passeport est visé par ses services, à mon vrai nom : Jacques de Saint-Simon, né à Paris, il y a trente-sept ans.
– De père inconnu, soit. Du reste, Jackie, moi, j'ai de la sympathie pour vous. Peu m'importent les racontars. C'est autre chose que je voulais vous demander. Vous connaissiez Kousko ?
– Kousko ? le pianiste ?
– Non, son homonyme ; celui que vous avez effacé ce matin avec un tel esprit de décision.
– Jamais aperçu cet individu auparavant, général. Je n'avais aucune idée de son nom.
– Je suis heureux de vous entendre dire ça, Jackie. Ce Russe était un drôle de personnage. Il avait travaillé pour l'AREC, vous savez ?

– Les autobus ?

– Vous ne connaissez pas non plus l'AREC, Jackie ? l'Association Révolutionnaire d'Expansion Continentale ? Ça ne vous dit rien ? Je vous croyais plus informé des choses de notre pays. Eh bien, l'AREC est une petite association…

« Petite, tu parles, pensa Jackie ; tout le continent, pas plus. »

– … Sous le couvert d'une idée d'envergure, l'unité politique du continent sud-américain, appuyée sur l'unité géographique, raciale et linguistique, l'AREC apporte son aide à tous les irrédentismes, toutes les révoltes plus ou moins larvées, tous les mécontentements, s'adressant aux plus bas instincts de la populace. Démagogie, xénophobie, communisme inavoué, tout lui est bon. Son autorité morale est dérisoire. Mais ce groupement négligeable en soi dispose de moyens financiers puissants. D'où ces gens tirent-ils leur argent ? Probablement de rapines et de meurtres ; peut-être aussi des caisses noires d'organisations antidémocratiques d'un autre continent ; à coup sûr de sources impures. Bref, ce Kousko s'était mêlé de faire des affaires avec l'AREC, et on nous a dit qu'il avait été trop malin.

– De beaucoup ?

– De douze mille dollars environ, poursuivit le général. Vous concevez mon soulagement lorsque j'ai appris de votre bouche que vous ne connaissiez ni lui ni l'organisation révolutionnaire qui avait contre lui des griefs. Cigarette ?

– Merci, général.

Jackie tapota la Lucky. Le potentat néo-grenadin poursuivait :

– En ce qui concerne les hommes de votre catégorie, Jackie, la politique des gouvernements de ce pays a toujours été de les laisser se débrouiller entre eux, tant qu'ils ne nous tuaient pas de nationaux. Il va sans dire qu'en revanche, si l'un d'entre vous s'aventurait – même sans commettre ni crime ni délit – à travailler au profit de l'AREC ou de toute autre organisation antidémocratique et immorale, nous serions impitoyables.

Le général se leva en répétant rêveusement : « impitoyables... »

« Merde ! Il n'a pas bientôt fini, ce vieux schnock, se disait Jackie. Deux heures moins dix. Encore un déjeuner de foutu. J'ai pourtant passé l'âge. »

– Eh bien, au revoir, Saint-Simon. Bonne chance. Et je vous félicite. Votre amie est bien jolie.

« Baderne, pensa Jackie. Une heure de conférence pour en arriver à ça. »

– Elle vous plaît, général, continua-t-il à haute voix. Elle est à vous.

– Ces Français, gloussa le général avec une complaisance émue et égrillarde ! Ces Français ! ils vous ont... comment dites-vous ? le geste ?

– Le geste, dit Jackie. Emmenez-la donc dîner à l'*Avila* ce soir. Ce qu'elle préfère, c'est le poulet rôti. Moi, je pars en vacances tout à l'heure dans la montagne ; elle ne vient pas avec moi. Je vais vous présenter.

Devant Monica, malade de faim et de mauvaise humeur, le directeur de la police s'inclina avec mesure.

– Chère amie, permettez-moi de vous présenter le général directeur de la police fédérale et nationale, Juan José María Jesus Rosales y Ramírez y Cementerio... Mme Monica de Herrand y Herrero.

– Madame, dit le général, je dîne ce soir avec mon ami M. de Saint-Simon. Nous ferez-vous l'honneur, me ferez-vous le bonheur de vous joindre à nous ?

– Oui, lui enjoignit Jackie d'un hochement de tête.

– Oui, répéta docilement Monica.

Comme Jackie s'effaçait pour laisser passer Monica, le général le tira en arrière d'une pression de bras :

– Vous ne serez pas là ce soir, Jack ? Alors, une dernière

question. Vous avez été un brillant boxeur amateur il n'y a pas si longtemps ?

– Oui, c'est exact. Mon dernier combat date de moins de six mois.

– Alors, pourquoi diable lui avez-vous cassé ce magnum sur la tête, alors qu'il eût été si simple… ?

– Que voulez-vous, général, répondit Jackie avec une mine de pudique confidence qui lui avait déjà valu pas mal de scandaleuses impunités ; que voulez-vous, général, je ne frappe jamais avec mes poings : je connais trop ma force, j'ai peur de faire mal.

☆

Dans un coin de porte où ses rayons n'avaient que rarement accès, le soleil heurta de face un garçon de vingt ans, menu, imberbe et maigre, se plut à jouer dans ses cheveux roux, s'y attacha, ne le quitta plus. L'adolescent sembla peu satisfait de cette illumination sans retenue, se renfrogna derrière ses lunettes noires, qu'il portait comme un traître de mélodrame, presque encastrées dans les orbites. Tant de lumière le contrariait. Des bruits pourtant rassurants l'entouraient : le cri des vendeurs de billets de loterie, le grincement des tramways prenant la courbe de l'avenue Sucre et s'engageant sur le boulevard Eustacio-Maricón, la complainte du réal qui manque, chantée d'une voix fatiguée par une métisse aux cheveux blancs, qui inventait les paroles quand elle ne savait pas les vraies :

Pour payer l'arepa
La casabe
Et la chicha[1]
Il manque un réal.

1. *Arepa* : pain de maïs ; *casabe* : galette de manioc ; *chicha* : eau-de-vie de maïs.

Tout ça, il le percevait avec défiance, inquiétude et dégoût. Il tira de sa poche un oignon de style romantique, en essuya le cadran de la manche de sa chemise. Quatre heures. En effet, il ne se trompait pas tellement. Au clocher de la cathédrale de carton-pâte que les jésuites avaient édifiée trois siècles auparavant, un carillon de Westminster, vestige d'une libéralité anglo-saxonne, égrena ses coups de gong. Leur mélancolie, dans ce décor de tropique, paraissait systématique et galvaudée.

Le garçon fit cinq ou six pas, se rapprocha de la chanteuse. Puis, tournant le dos à la circulation de la rue, il s'attacha à la contemplation d'une immense affiche entièrement consacrée à un minuscule soutien-gorge et à un slip de dimensions imperceptibles. Les bruits de klaxon, les bouffées d'air chaud saturé d'odeurs de pétrole lui parvenaient sans qu'il en eût bien conscience. La voix de la fille devenait lancinante :

Pour payer le médecin,
Le curé
Le cimetière,
Manque un réal.

« Récapitulons, se dit le garçon : une condamnation à mort décernée à titre privé contre moi par un mec qui ne badine pas ; une certaine adresse au couteau ; une forte envie de courir et deux jambes pour la satisfaire… »

Attiré par son apparence chétive et son immobilité, un vieillard aux bajoues couperosées et lubriques vint lui proposer de se livrer à l'impudicité. Le garçon déclina cette offre et s'en alla. Derrière lui une voix éraillée criait : « Ramón ! Ramón ! » Coïncidence qui lui parut alarmante, ce prénom était le sien.

Il passa devant le *Copacabana*. À toutes les tables il constata la présence d'individus miteux, d'allure soupçonneuse, aux oreilles et aux yeux montés sur rotules, aux moustaches sordides. Mal vêtus, faussement dignes, ils restaient silencieux, assis devant des consommations à bon marché. Parmi eux, il remarqua quelques visages qui lui étaient devenus familiers du temps qu'il exerçait au Barrio Chino la profession de pédéraste, et qu'il terminait au commissariat la plupart de ses nuits. Il hésita à aller trouver une de ses anciennes connaissances, à lui demander, ne serait-ce que pour un jour, l'asile de la prison. La perspective de n'être pas pris au sérieux le rebuta. Mais sa curiosité s'était éveillée devant cette affluence de poulets au bistrot le plus chic de la capitale. Autour d'une caisse de cireur de bottes, un groupe de faméliques commentaient le meurtre de Kousko par Jackie, avec des gestes exagérés, des intonations à la fois tragiques et convaincues.

Il s'approcha.

– Alors le cavalier étranger a vidé son revolver dans le ventre du Portugais en criant : « Meurs, chien de tes morts, dont la mère fut une pauvresse. » La police est venue, il a refusé de les suivre, il a tué le commissaire et il est parti dans sa voiture rouge en criant : « Justice est faite, vive l'AREC. »

– Il avait aussi un cheval noir, majestueux comme celui de Siméon Bolo, dit un goitreux.

– Tu penses, ils sont forts. Tous des Portugais, mais ils parlent le néo-grenadin comme toi et moi.

– Il n'y a pas que des Portugais, dit avec ferveur un homme gras que Ramón reconnut aussitôt. L'AREC est née du sol même du continent sud-américain, l'AREC vaincra.

– Vive l'AREC ! murmura un mécano de vingt ans, vêtu d'une salopette grise. Par eux, nous serons libérés des Yankees, des Portugais, des gouvernements et des gardes à cheval.

– Parfaitement, reprit l'homme gras en extrayant de ses poches une plaque de chef investigateur et un sifflet à roulette. Viens avec moi, petit. Je t'expliquerai la politique.

Il botta joyeusement le derrière de son prisonnier et, comme celui-ci faisait mine de profiter de l'élan pour mettre les bouts, le poulet lui brisa la cheville gauche d'un coup de pied compétent.

Deux agents en uniforme ramassèrent le gosse qui se plaignait sans méchanceté, le poussèrent dans une camionnette de la police dont ils claquèrent la portière et partirent avec leur chef en direction de la prison. Le spectacle avait pour Ramón une saveur menaçante de déjà vu. Il recula doucement à l'écart du groupe et s'accrocha à l'arrière d'un tramway qui démarrait au pas en direction de la place Palatine.

Un vieux nègre lui fit une place à côté de lui, sur le tampon, et commença aussitôt une diatribe contre la municipalité.

– Et avec les droits qu'ils ont mis sur l'entrée des bordels, ça met la passe à cinq pesos cinquante. Qu'en penses-tu, camarade ?

– Je ne vais pas au bordel, j'aime et j'estime la Nouvelle-Grenade et son gouvernement, et je ne suis le camarade de personne, répondit Ramón. Tu as une cigarette ?

Incapable de trouver en lui-même les éléments nécessaires à la compréhension d'une muflerie aussi désinvolte, le vieux se dit qu'une des articulations du discours de Ramón avait dû lui échapper ; il lui tendit une Camel. L'autre en tira deux bouffées et prit congé.

– Salut, Ducon, dit-il en sautant à terre vingt mètres avant l'arrêt.

La place Palatine s'ouvrait, grande, mesurée et vide. Ramón s'engagea rapidement dans le boulevard Intermédiaire, tourna le coin de la rue de la Vie-Allègre et s'arrêta devant un rideau de fer, à l'entrée d'un garage. La vétusté de la tôle donnait un air de misère à toute la baraque, mais il ne s'agissait que d'un artifice pictural, un bluff : quand Ramón frappa, il fit bien sauter quelques écailles de rouille, mais rien d'essentiel ne fut ébranlé par son coup de poing qui déchaîna cependant un long vacarme.

– Fais le tour, cria un homme à l'accent campagnard.

– Par où ?

– Merde !

Ramón s'engagea dans un couloir ménagé entre le mur du garage et le bâtiment voisin. Divers graffiti attirèrent son attention au passage. L'essentiel de cette philosophie murale se lisait sur l'entrée du fond. Au fusain, quelqu'un y avait marqué une interdiction comminatoire : « Faites pas chier les personnes. » Ramón se demandait s'il devait néanmoins frapper, lorsque la porte s'entrouvrit. Un homme vêtu d'un slip et d'une couche de cambouis, chaussé d'espadrilles, coiffé d'un bonnet de police en papier le dévisageait sans aménité, une lourde clef anglaise à la main. On entendait derrière lui le ronflement d'un tour. Par instants s'y greffait le cri insupportable du métal torturé. Des bribes d'un cantique français se détachaient sur ce bruit de fond :

Je n'ai qu'une âme
Qu'il faut sauver
De l'éternelle flamme
Je veux la préserver.

Puis il y eut des vocalises, qui firent place à un gueulement rageur :

– Qui c'est ? Qu'est-ce qu'il veut ?

– C'est moi, dit Ramón.

– Connais pas.

– Moi, Ramón.

– Quel Ramón ? Y Gonzalès y Córdoba ? Les pieds noirs, les cheveux bistrés et le teint plat ?

– Ramón, l'ami de Pépé. Laisse-moi entrer, Fernand.

Flatté de s'entendre appeler autrement que le Ploum,

Fernand grogna en espagnol. Mobiloil Tarzan s'ôta de la porte. Ramón pénétra dans la salle, enleva ses lunettes noires. Il mit un moment à s'acclimater à cette lumière de cave. Enfin, il aperçut dans un recoin, penché sur son établi, la silhouette pour lui toujours surprenante du Ploum. C'était, vêtu d'un slack gris perle, un énorme gaillard, le vrai King Kong de salon, surmonté d'une tête minuscule, pâle et chevelue, qui ne semblait pas lui appartenir; il ouvrait d'immenses yeux verts devant le produit de son travail: une sorte de trépied de cuivre rouge à l'architecture obscène qu'il manipulait avec des gestes maniérés.

– Pour être bien foutu, c'est bien foutu, conclut-il avec satisfaction, en posant l'objet sur la table. Alberto, tu montes ça à la suite avec deux boulons percés et goupillés.

– Qu'est-ce que c'est? demanda poliment Ramón.

– La pièce maîtresse de mon grand manège d'automates, répondit Fernand. Ça t'intéresse, mes automates, petite tante? Tu es de plus en plus gonzesse, mon mignon, ajouta-t-il en lui tapotant la fesse gauche d'un geste dénué de sensualité, mais où transparaissait une condescendance écrasante.

– Alors, reprit-il, toujours avec Pépé?

– Euh, justement, dit Ramón...

– Il t'a viré? Tu ne faisais plus l'affaire? Querelle de ménage? Soulage ton cœur, Ramón, raconte-moi ça. Les complications sentimentales des tantes, je suis bon public. J'adore ça. Allez, raconte, insista-t-il avec une nuance de menace négligente.

– Voyons, Fernand, tu vas te foutre de moi...

– T'as besoin de moi? dit Fernand avec perspicacité. Alors: pas d'histoire, pas de copain! pas de Fernand! Je te laisse nager. Accouche!

Ramón hésita, puis se mit à table avec un grand élan:

– Je l'ai trompé.

– Non? Avec qui?

– Écoute, Fernand, à toi, je peux bien le dire : je suis devenu pédéraste.

– Depuis le jour où, dans cette pièce, je t'ai trouvé, entièrement nu, en train de gigoter sous mon laveur de voitures, je m'étais toujours douté de quelque chose comme ça, tu sais, répliqua le garagiste avec flegme.

– Oui, mais maintenant, j'aime ça, dit Ramón. Tu vois, ça a commencé par des gifles quand j'étais gosse. Ça a commencé par la peur ; et parce que j'ai la peau très blanche ; et que j'ai foutu le camp de chez mes vieux à treize ans.

– Ça va ! Tu parles comme un roman populiste. Raconte plutôt le flagrant délit. Et que ce soit bien sordide. Avec qui ?

– Hernández, répondit le gosse avec réticence.

– Il est beau, hein ? Où ça ?

– Chez Pépé.

– Évidemment, il doit pas être content, le Pépé. Continue ! Il faut t'arracher les mots…

– Ça s'est passé sans que j'aie voulu, dit Ramón, se jetant à l'eau. J'allais sortir de la salle de bains. Il est entré, il a commencé à se déshabiller pour faire sa toilette et puis voilà. Pépé est entré. Il nous a vus.

– Qu'est-ce qu'il a fait ?

– Je ne sais pas. Il s'est jeté sur Juan…

– Hernández ?

– Oui, ils se sont battus. Moi, j'ai sauté dans mon froc…

– Comme ça, sans te laver ?

– Je n'ai pas eu le temps, avoua piteusement le môme. Heureusement que j'avais mes pompes aux pieds.

Le Ploum rigola un bon coup :

– Et alors ? Qu'est-ce que tu veux, en somme ?

– Me planquer. J'ai pas un flèche, Pépé me course partout, et s'il me trouve il me butera.

– Allez, allez !

– Il me butera, Fernand. Je ne suis pas le premier.

– C'est vrai.

– Et je ne sais pas où coucher. Et j'ai les flubes. Et je suis malade.

– Qu'est-ce que t'as ?

Le rouquin fit glisser sa chemise sur son épaule, découvrant une boursouflure circulaire de chair déchiquetée.

– T'as pas couru assez vite, il t'a quand même mouché, le Pépé.

– Non, répondit Ramón avec réticence.

Après un instant de silence, il ajouta d'un ton à la fois pudique et extasié.

– On voit plus les dents marquées ? C'est Hernández.

Fernand éclata d'un rire énorme. Ramón le regardait avec le sentiment que son récit, qu'il avait voulu simple et ému, n'avait point touché le cœur du Ploum.

– Tu vaux ton pesant d'aluminium – et ça en fait quelques feuilles, hurlait Fernand. Tiens, je vais être juste. Tu m'as fait rigoler pour un dollar. Le voilà. Allez, prends. Merde, ajouta-t-il d'un ton admiratif, il le prend. T'en veux pas deux, non ?

Et comme Ramón ébauchait un geste affirmatif :

– Tant mieux, enchaîna majestueusement le Ploum, parce que, de toute façon, t'en auras qu'un. Et maintenant il y a une chanson de Piaf là-dessus : « J'ai assez ri. Salut, p'tite tête. » Casse-toi.

– Mais j'ai pas vu tes automates, dit Ramón, tentant désespérément de prolonger l'entretien.

– Ce que tu peux être dégueulasse, murmura pensivement Fernand. Allez, grouille, dehors !

Il accompagna le môme désemparé jusqu'à la porte, la claqua derrière lui, puis retourna à son travail quotidien, qui était en réalité de remettre en état les mitrailleuses hors d'usage d'un groupement fasciste clandestin.

Dans la ruelle, Ramón s'en allait, rempli d'un désarroi qui voyageait à travers son corps sans parvenir à s'immobiliser à la hauteur des tripes. Il repartait vers son destin. Il lui avait été inutile d'être franc ; la première fois de sa vie qu'il essayait, pourtant. Il avait aussi le sentiment que tout ça n'était pas très juste.

Au coin d'un mur, une main malveillante et anonyme avait écrit : « Le Ploum est un enculé ».

« Hélas non ! pensa Ramón. Il m'aurait compris. »

☆

– Et vous pouvez vraiment prouver tout ça ? demanda, alléché, le Yankee à lunettes d'or.

– Prouver, ce qui s'appelle prouver ? insista sa secrétaire qui n'avait cessé de prendre part à la conversation pour souligner avec lourdeur tout ce que Ramón et le Yankee s'efforçaient de laisser enclos dans les limites décentes du sous-entendu.

– Comme ça, dit Ramón en brandissant un pouce après avoir claqué du doigt.

– Voyez-vous, monsieur Ramón, dit l'Américain, tout l'intérêt de vos révélations réside dans l'identité de l'homme que vous accusez. Reprenons votre récit : un membre du gouvernement néo-grenadin est l'organisateur des sept accidents qui ont frappé en deux mois les puits de prospection de la Gas-Oil and Gas Company ? Il aurait racheté en sous-main les terrains déjà prospectés ? Vous auriez eu vent de cela par les confidences d'une fille de bar.

– Qui ? demanda la secrétaire.

– Ne m'interrompez plus, Daisy. C'est sérieux. Vous vous seriez livré, monsieur Ramón, à un début d'enquête et vous seriez tombé sur une série de documents accablants. Je suis un homme droit en affaires, monsieur Ramón, poursuivit l'homme avec un sourire oblique. Qui est ce Pépé ? Quels sont les documents ? Combien ?

– Mille dollars, répondit Ramón.

Tout en parlant, il sentit qu'en fixant un chiffre aussi bas il avait mis les chances contre lui. Finie l'euphorie.

L'Américain étendit la main vers le téléphone, souleva le combiné et tint un court discours en slang. Ramón en saisit quelques mots au vol: «Dans mon bureau… petit escroc… maître chanteur… police…» Du coup, il éprouva le désir absolument vain de n'avoir pas tenté cette démarche. Il l'avait improvisée trop hâtivement, sous l'empire de l'affolement. Trop tard même pour ce platonique regret. Le temps qu'il contractât ses muscles pour jaillir hors de son fauteuil et accaparer la porte de sortie, le Yankee était sur lui. De sa main gauche, il saisit Ramón par le col de sa chemise; il recula largement le poing droit, puis, gratuitement, lâchement, le ramena sur le visage du rouquin qui entendit craquer son propre nez. Ramón retomba au fond du club de cuir. L'Amerlock grondait: «Vous, racaille.»

Le môme réfléchissait. Il fit un geste timide vers sa poche, tremblant que son adversaire ne l'interrompît. Il tendait toute sa volonté pour que le mouvement de son bras évoquât l'idée d'un mouchoir, exprimât le mot «mouchoir».

Il agrippa son couteau, fit gicler la lame d'une pression de doigts et l'enfonça droit devant lui, du nombril au sternum, deux fois, trois fois. Le colosse aux lunettes d'or eût sauvé sa vie en répondant au premier coup par une gifle. Au lieu de cela, il grimaçait à chaque blessure. Le couteau qui lui déchirait le coffre semblait l'avoir hypnotisé. Lorsqu'il pensa à réagir, il était virtuellement mort depuis près d'une minute.

Effrayée, figée, debout sur ses deux pieds, une main plaquée sur le ventre à la hauteur de son sexe, la fille regardait sans mot dire, les tempes toutes blanches, du brouillard dans les yeux. Obéissant à un sentiment de pure méchanceté, le gosse lui déchiqueta un sein avec son couteau, puis, par prudence, lui disloqua sa machine à écrire sur la tête. Il se baissa ensuite pour ramasser le portefeuille dans la poche de l'Américain. Alors un remue-ménage significatif se produisit dans l'escalier.

– Tu m'auras fait chier jusqu'après ta mort, dit-il au cadavre.

Les effets posthumes de ce coup de téléphone lui semblaient le comble de l'injustice.

Il n'y avait qu'un étage. Il sauta par la fenêtre une seconde avant que la porte s'ouvrît.

☆

Les clients de Teresa, la cartomancienne, étaient tous soucieux de dissimuler leur identité. Ainsi nul ne s'étonna qu'un rouquin, écroulé dans un fauteuil au fond du salon d'attente, gardât obstinément son mouchoir appliqué en tampon sur le visage. Son costume était froissé, avec des taches bizarres. Teresa, une femme de quarante ans, massive, gigantesque, aux cheveux noirs, aux yeux avides, parut au seuil de son cabinet. Elle accompagnait une petite métisse en larmes dont la démarche à peine alourdie évoquait le désespoir le plus définitif, ou peut-être simplement un début de grossesse. Teresa avait posé son bras en travers des épaules de la gosse, et la serrait par secousses contre son flanc. Elle lui prodiguait des consolations standard à l'apparence trompeuse de sur mesure et cousu main :

– Et surtout, pas de bêtises. Fais comme je t'ai dit et reviens la semaine prochaine. Tu verras. Tout ira bien.

Après un bref baiser, Teresa lâcha l'Indienne. C'est alors qu'elle aperçut Ramón. Un sourire éclaira son visage rude, puis fit place à une expression de Pythie tragique et emmerdée, tirée de son bagage visiblement professionnel.

– Te voilà, adolescent dont le cœur reste fidèle aux jours

de ma vieillesse, s'écria-t-elle avec emphase et coquetterie. Amis, ajouta-t-elle, celui-ci est le neveu de la sœur de ma mère, et ce soir je ne recevrai plus personne.

Un murmure désappointé courut sur l'auditoire : un docker, sa fiancée, un employé du gouvernement, un ecclésiastique accompagné de sa vieille mère et de son fils cadet. Ces gens se levèrent et lui souhaitèrent le bonsoir en néo-grenadin :

– Adieu, Teresa, adieu. Jusqu'à demain, que Dieu et la Vierge bénissent ta demeure, ton labeur et ton lit.

Un petit recueil de lithographies érotiques traînait sur la table. Pour masquer sa déception, l'ecclésiastique tenta de le faucher au passage. La maîtresse de céans s'en aperçut :

– Fils de rat qui as entretenu avec ta mère des relations sodomiques, rends-moi ce livre et sors de ma maison que ta présence rend infâme.

– Voilà, voilà, femme, murmura le curé en rougissant.

Il tira le bouquin de sa soutane.

– À demain quand même, répliqua Teresa aussitôt radoucie.

– À demain, femme. Que Dieu te bénisse.

– Merci, toi aussi.

Le livre à la main, Teresa referma la porte et se tourna vers Ramón. La physionomie de la femme était transformée. Le désir bestial qui s'y lisait avait déposé une trace de spiritualité sur ses traits. Il y avait une extase virtuelle dans ses yeux. Du mysticisme soulevait ses seins l'un après l'autre.

– Mon chéri, dit-elle avec une inflexion tendre et sincère. Mon chéri, tu es venu…

– Merde, j'ai mal au nez, dit Ramón.

Il n'y avait pas de doute, le gosse n'était absolument pas en état de lui procurer le plaisir. Sans résultat Teresa y avait usé sa science. Elle revint par un effort de véritable amour à une conception plus détachée de la situation. Elle examina avec Ramón les possibilités immédiates de salut. Étendue sur le sofa qui occupait un des angles de son cabinet, elle n'avait pas ramené sur elle les bords de son peignoir de peluche jaune. Elle fumait un petit cigare noir. Ses doigts jouaient sur la peau de Ramón. Elle trouvait à ces caresses anodines le délassement et la liberté d'esprit que la pratique du tricot apporte aux épouses chrétiennes.

– Ici, ils viendront tout de suite. Ce n'est pas la bonne place. Autant vaudrait chez Maïa, mais il y a trop de monde qui y circule. Ce qu'il faudrait, ce sont des étrangers. Et les Français, ils ne feraient rien pour toi ?

– Le Ploum m'a vidé.

– C'est un Ploum, c'est normal. Il n'y a pas que lui. Tu connais Jackie ?

– Quel Jackie ?

– Celui qui a buté un Russe ce matin au *Copacabana*.

– Non, jamais vu.

– Lui, il t'aiderait. Avec son copain Jimmy. Tu ne connais pas non plus ?

– Quel Jimmy ?

– Pas le Tordu, le Menteur.

– Celui qui a vendu le plan de la mine d'or où il n'y avait que du sel ?

– Confidentiellement, à quatre-vingt-trois personnes dans la même journée ; cent dollars la pièce, au comptant.

– Connais pas, non plus, dit Ramón, songeur. Mais j'aimerais.

– Lui et Jackie, c'est le genre philanthrope. Ils te démerderaient bien une petite planque. Mais où les trouver ?...

– Merde, dit Ramón, tu sais pas où ils crèchent ? Demande à ton mec.

– Mon mec ! Si on peut dire ! Mon mec, c'est toi, mon gosse.

– Tu es quand même marida, reprit-il avec sérieux.

Elle appela : « Étienne ! » Un macaque, blanc de poil et de peau, entra sans bruit. Il avait une lèvre retroussée. Il bavait et tremblait. Une tache de vin couvrait son nez crochu, s'étalait sur son menton en galoche et se perdait dans la région de la pomme d'Adam. Il était laid.

– Étienne, tu sais où habite Jackie Crocs-de-Jonc, le Français ?

– Euh, euh, euh, euh, dit Étienne.

– Quel numéro ?

– Oh, oh, euh.

– Merci. Je n'ai plus besoin de toi…

– Euh, euh, euh, euh, vociféra-t-il en s'en allant.

– Tu es un vieux dégueulasse, dit Teresa. Je ne veux pas que tu parles de choses comme ça devant le petit.

– Qu'est-ce qu'il a dit ? demanda Ramón.

– De cacher mon ventre et de lui montrer tes fesses.

– On peut dire que je les attire ! Tu as l'adresse ?

– Oui, rue de la Démocratie, 49. Tu sais, derrière le théâtre.

– J'y vais, dit Ramón. C'est égal, il faut une drôle d'habitude pour le comprendre, le frère. Moi, j'y mords que dalle.

– Tu penses ; depuis le temps, répondit Teresa en se levant. D'ailleurs, c'est moi qui lui ai passé ça. Et lui, les piqûres, il n'a jamais voulu en entendre parler. Il était vieux, ça lui a gagné le cerveau.

Elle fourragea dans un tiroir, en tira un papier et écrivit :

> Jack, mon hamie Ramón as des ennuis. Ede-le prêtes-lui cent dollards. Je te les rendrait. Une groce bizes.
>
> Teresa.

– Tiens, tu donneras ça à Jackie.

– Il me les prêtera ?

– Tu penses, c'est un ami.

– Et pourquoi tu me les donnes pas à moi direct?

– Parce que je veux être sûre que c'est chez Jackie que tu vas, mon amour. Je t'aime tant.

– File-moi au moins de quoi prendre le tram.

Il y eut une scène d'adieux où la sensualité le disputa sans succès à l'ennui. Ramón parti, Teresa essuya une larme, car elle l'aimait; ne l'oublions pas.

Revenue à son bureau, elle s'assit. Un instant plus tard, elle poussa un cri de rage: le curé l'avait eue; il avait emporté le livre obscène, lui refilant à la place un bouquin de messe éculé qui ne valait pas dix *cents*.

«Il ne l'emportera pas en paradis», se promit-elle.

☆

– Entre!

En haut de l'escalier, un écriteau portait deux noms: «JACK DE SAINT-SIMON, JIMMY DUPONT, TROPICAL TRAMPS».

Tropical Tramps. Vagabonds de la zone tropicale. Personnel de toutes les révolutions du continent. Hommes de main. Tous travaux lucratifs. Un sens de l'honneur exigeant, mais aux sinuosités déconcertantes. Brutes au cœur d'enfant. Colt 45 et blablabla. Une pensée à ma mère, ni Dieu ni maître, pas vu pas pris. Il faut tous ces mots français et encore bien d'autres pour commencer à traduire, même imparfaitement, ce titre américain qui, plus qu'une profession, désigne l'aptitude à les remplir toutes et la vocation du sublime étroitement mêlée à celle de l'ignoble.

Ainsi aurait sans aucun doute pensé Ramón si son vocabulaire le lui avait permis. Il se contenta de pousser la porte.

Au milieu de la pièce pendait un hamac brésilien à la cotonnade serrée, aux couleurs vives. Il était accroché aux poutres du plafond et arrivait presque jusqu'à terre. Une forme humaine était allongée dans cette poche de toile d'où dépassaient des cheveux blancs. Une fille nue, une Indienne, jeune, aux seins petits et pointus, était étendue sur deux coussins de voiture. Assis au fond de la pièce, vêtu d'un pantalon de toile, un homme promenait le long de son visage un rasoir électrique qui grésillait à toute vitesse.

– Monsieur Jackie Crocs-de-Jonc ? demanda Ramón avec timidité.

– C'est moi.

– Je viens de la part de Teresa, la cartomancienne. Elle m'a donné un mot pour vous.

– Fais voir.

Jackie tendit derrière lui une main dont la maigreur surprenait au bout d'un bras si fort. Ramón y déposa le message de Teresa. Jackie le lut d'un coup d'œil, la main maigre fit un geste. Obéissant, Ramón s'approcha. La bouche entrouverte, attentif et indifférent, le tramp le contempla. Le môme se rappela en un éclair une phrase entendue plusieurs mois auparavant :

« Son vrai surnom ça n'a jamais été Crocs-de-Jonc. C'est Jackie le Tueur. »

– Alors, tu es dans les ennuis ?

– Oui.

– Je ne suis pas curieux et j'aime bien Teresa. J'ai déjà vu ta gueule, moi. Qui c'est qui t'a cassé le nez ?

– Les poulets, dit Ramón.

– Tu es recherché ?

– Oui.

– Grave ?

– Meurtre.

– Assieds-toi, dit Jackie avec une nuance nouvelle d'estime.

Ramón attira du pied une sorte de tabouret de piano, s'y posa doucement et demanda :

– Vous avez une cigarette ?

– Voilà ! répondit Jackie en lui passant un paquet de Lucky. Garde-les. J'en ai d'autres. Jimmy !

Aucun grognement ne donna à entendre que le hamac désirait se mêler à la conversation.

– Jimmy ! appela de nouveau Jack.

Puis il mit les mains en porte-voix et hurla :

– On demande Jimmy le Menteur à la prison fédérale ! On demande Jimmy le Menteur à la prison fédérale ! On demande Jimmy le Fédéral à la prison des Menteurs ! On demande le Menteur fédéral à la prison des Jimmies !...

– Merde, murmura enfin le hamac.

Saint-Simon s'adressa à la fille nue en dialecte guajiro. Ramón, qui le comprenait un peu, apprit ainsi qu'elle s'appelait Sinaïa. Elle alla vers le frigidaire d'où elle retira deux gallons d'eau glacée qu'elle vida dans une cuvette. Puis elle plaça le récipient juste sous les fesses du hamac et en coupa la corde. Réveillé net, le hamac gueula comme un âne :

– Tas de cons, tas de cons, que le cric vous croque, je souhaite que vous mouriez désespérés, merde et merde, ces plaisanteries sont stupides, Sinaïa, je te répudie, va te faire foutre ; Jackie, si tu en voyais un plus con que toi dans une bouteille, tu casserais la bouteille pour te battre avec ; quant à vous, monsieur, je vous emmerde énormément.

Ayant dit, il sortit de la cuvette, se développa de sa carapace de toile, et apparut sous les espèces d'un petit homme aux traits réguliers, sans expression notable.

– C'est un ami de Teresa, dit Jack. Je te présente Jimmy le Menteur.

Comme Jimmy reprenait ses esprits, quelque chose qui ressemblait un peu à une lueur d'intelligence se répandit sur son visage, qui gagna en vivacité, mais perdit en aménité.

– Tu sais à qui tu es en train de me présenter protocolairement ? demanda-t-il à Crocs-de-Jonc.

– Il s'appelle Ramón, répondit Jack.

Ramón sentait venir une autre rebuffade. Détresse et fatigue, il eut envie de pleurer. Jimmy poursuivait avec rancœur et animation :

– À une petite tantouze qui tapinait il y a six mois au Barrio Chino.

– Hein ? dit Jackie.

– Oui, monsieur. À trois réals la passe.

– Merde, dit Jackie. Tu es sûr ?

– Un peu.

– Ça, alors. Alors non seulement elle est gousse, la Teresa, elle est aussi pédéraste ? Eh bien, mon pote ! Allez, casse-toi, petit, ajouta-t-il à l'intention de Ramón. C'est pas le genre de la maison. Tu ne fais pas l'affaire. Et demande pardon au monsieur. Tu n'aurais pas dû te laisser présenter.

Avec une grimace de la lèvre inférieure, Ramón se tourna vers la porte. Lorsqu'il passa à côté des coussins où Sinaïa était assise un instant avant, sans que ce fût vraiment exprès, il fit la seule chose qui pouvait peut-être le sauver. Il s'écroula en pleurant. Comme un moujingue. À gros sanglots désespérés, avec une sorte de hurlement en sourdine, où il y avait de la consternation, de l'entêtement et de la stupéfaction. Jim et Jack se regardèrent, gênés. Ils appartenaient l'un et l'autre à un monde où les larmes n'avaient pas cours, où elles constituaient un argument auquel personne ne recourait jamais. Cinq longues minutes se passèrent. Ce qu'il y avait d'enfantin dans la crise de Ramón les touchait là où depuis longtemps rien ne les atteignait plus. Et puis il répétait sans trêve deux mots polonais qu'ils ne comprenaient pas, ce qui leur ajoutait un tragique factice. Ils signifiaient en réalité : « J'ai mal aux pieds. »

– Encore un Polocroque de merde, dit Jimmy.

Sans répondre, Jack se leva, empoigna le môme par le fond de sa culotte et par sa chemise.

– Ouvre-moi la porte.

Il lança à la volée son fardeau à travers l'escalier de bois, qui fut secoué d'un grand fracas.

Une discussion prolongée, où tous les lieux communs de la métaphysique avaient côtoyé ceux de la médecine et des diverses morales, s'achevait dans les bâillements des deux tramps et les dernières gouttes d'une bouteille de scotch. Le bas-ventre de Sinaïa, déjà endormie, éveillait chez le Menteur un sentiment de tendre nostalgie ; il était prêt à des concessions.

– Peut-être, en effet, Dieu n'existe-t-il point, accorda-t-il à Jackie. Mais demain, on se lève de bonne heure.

– Il est évident qu'il n'existe pas, répondit Crocs-de-Jonc. Bonsoir.

Il entra dans sa chambre, se coucha, trouva aussitôt le sommeil. Il en fut tiré par un gémissement rythmé qu'il supporta d'abord fort bien. Il en éprouva même du réconfort. Puis il le trouva trop prolongé. Il en eut assez marre. Il en fut excédé. « Pour une Indienne, ce qu'elle gueule ! Qu'est-ce qu'il a encore inventé de lui faire, ce con-là ? »

Il alluma, passa son pantalon, entra dans la grande pièce où il avait laissé Jimmy et Sinaïa. L'un et l'autre dormaient. Le gémissement continuait. Il toucha l'épaule de Jim.

– Qu'est-ce que c'est que ce bruit ? Il n'y a pourtant que nous dans la maison. Eh, Menteur ! t'entends ?

– M'en fous !

Saint-Simon prit son colt sur le buffet, entrouvrit la porte d'entrée, alluma. Le gémissement devenait plus net. Au bas de l'escalier, il trouva Ramón allongé, la tête reposant sur les avant-bras. Sur le même ton plaintif, le môme répétait « merde » en polonais. Saint-Simon s'approcha de lui, se pencha, lui toucha l'épaule.

– Tu es vraiment recherché ?

Une minute s'écoula.

– Oui. Je suis foutu.

– Pour meurtre ?

– Oui.

– Allez, reste pas là. Viens dormir en haut. Nous partons demain. Nous t'emmènerons.

– Ils m'arrêteront à la sortie de la ville.

– Pour t'arrêter dans notre voiture, ils auront besoin d'être ventrés. Viens.

Seulement, par pudeur véritable, pour ne pas s'avouer qu'il en avait eu pitié, c'est dans son lit qu'il fit coucher le môme.

☆

– Je ne présiderai pas sans sonnette, dit le Président.

– Ne soyez pas stupide, Francisco. Nous ne sommes pas un parlement bourgeois, nous sommes le Comité Directeur de l'AREC pour la Nouvelle-Grenade. Nous ne sommes pas trois cents, nous sommes sept au grand complet, c'est-à-dire jamais plus de six, généralement cinq. De plus, nous acceptons parfaitement que vous nous disiez « ta gueule » si nous excédons notre temps de parole.

Ainsi s'exprima un homme de petite taille sans signe particulier, que ses camarades nommaient l'Ukrainien parce qu'il avait un cousin épicier à Lwów.

– C'est égal, j'achèterai une sonnette, dit le Président. C'est une question de standing.

– Bien, répondit l'Ukrainien ; et maintenant, au boulot. Quoi de neuf à la propagande ?

– La parole est au délégué à la propagande.

– C'est dégueulasse, dit ce dernier en pur castillan. Les cendriers arécistes que nous avons distribués dans tous les bistrots du pays, vous vous rappelez ? Eh bien, ils ont eu un succès fou. Les gens se les arrachaient. Il y a un vieux fond de puérilité dans notre peuple. Seulement, ils ont eu peur que notre devise leur attire des ennuis avec la police politique de Miguel Delgado. Alors, ils l'effacent froidement. Nous avons dépensé mille deux cents dollars pour fournir à tous les bistrots, de Pasto à Bestumes, des cendriers petits-bourgeois, sans portée politique, sans utilité démocratique, sans âme.

– Vous n'avez pas l'impression que ces petites conneries sont de peu d'importance ? demanda suavement l'Ukrainien.

– Laissez-moi parler.

– Laisse-le parler, expliqua le Président.

– Bon, bon, allez-y, mon vieux, allez-y.

– Parlez, dit le Président.

D'une serviette de cuir fauve, qu'il avait déposée devant lui, l'Ukrainien sortit un bloc de papier à lettres. Il tira de sa poche un Parker à capuchon d'or et, d'une écriture posée, commença à écrire des obscénités détaillées qu'il se proposait de faire lire à la femme de sa vie. Parfois, à court d'inspiration, il posait sa plume et regardait autour de lui. La salle était étroite et basse de plafond. Elle dégageait un parfum d'intimité familière de style radical-socialiste. Les assistants étaient assez dissemblables pour donner l'impression qu'ils venaient des quatre points cardinaux de l'horizon politique. La hauteur de vues ne semblait pas leur fort. Il y avait un gros morceau au programme du jour. Alors qu'ils se perdaient dans des histoires de cendriers, les Néo-Grenadins attendaient leur révolution pour Pâques. La fête tombait tôt cette année-là, rien ne semblait prêt, pourtant il ne fallait pas décevoir l'enthousiasme populaire. L'Ukrainien contempla pensivement les taches du tapis vert et se replongea dans sa tâche : « Elle la saisit, la serra entre ses seins et... »

L'homme des cendriers cessa brusquement de parler.

– Je mets aux voix la proposition de notre camarade guatémaltèque, dit le Président.

Un brouhaha d'approbation se produisit ; puis, dans le silence qui suivit, la voix sèche de l'Ukrainien retentit :

– Je suis contre.

– Pourquoi ? s'écria le Guatémaltèque avec dépit.

– Oui, pourquoi ? demanda le Président.

– Parce que, répondit l'Ukrainien.

– J'inscrirai donc votre vote au procès-verbal, dit le Président.

La discussion roulait maintenant sur l'organisation du courrier à travers le continent, d'un pays à un autre. Des fuites s'étaient produites qui avaient failli avoir des conséquences désastreuses. Fallait-il refondre tout le système des liaisons ? Un autre délégué s'était levé de son siège. Il parlait avec émotion, il postillonnait beaucoup, il transpirait aux bons endroits. La Démocratie, l'Idéal, le Stoïcisme-au-milieu-des-tortures semblaient occuper son âme. Sensibles à l'éloquence, quelques-uns des auditeurs y allaient de leur mouvement d'enthousiasme ; d'autres, de leur roupillon. Au moment le plus pathétique, comme un agent secret courait coudes au corps sur les lèvres de l'orateur, poursuivi par les polices du continent tout entier, l'Ukrainien sortit de son silence :

– Excusez-moi, demanda-t-il avec douceur. Pubis, ça s'écrit *is* ou *ice* ?

Son voisin lui fournit le renseignement.

– Dommage, répondit-il.

Mais le mouvement était brisé, la sève tarie. Le discours tourna court. L'Ukrainien rangea ses feuillets, referma sa serviette et son stylo, et entra dans le vif du sujet :

– Je demande la parole.

Le Président la lui octroya.

– Pour ce qui est du courrier, dit l'Ukrainien, ne vous tourmentez donc pas : tant que vous serez aussi bavards, ça ne vaudra vraiment pas la peine de changer d'itinéraire toutes les semaines. Fatigue perdue. Ça ne représentera chaque fois que quelques agents de plus de grillés, et c'est tout. D'ailleurs, à mon sens, nous avons assez perdu de temps avec ces balivernes. Des tâches plus sérieuses nous attendent aujourd'hui même. C'est Pâques dans trois semaines.

– Vingt-six jours, dit le Président.

– C'est moi qui parle. C'est Pâques dans trois semaines. Dans trois semaines l'AREC prend le pouvoir dans ce pays, et rien n'est prêt. Pour l'argent, où en sommes-nous ?

– Camarade trésorier ? dit le Président.

Un petit homme pâle, anodin et bègue fouilla avec précipitation sous sa chaise, remonta un lourd dossier au niveau de la table, le feuilleta sans aucune attention tout en répondant :

– N… Nous av… avons…

– Mais il parle javanais, murmura l'Ukrainien.

– … r… reçu des f… fonds. Vingt mi… mille dollars.

– Que nous pouvons entièrement consacrer au coup d'État de Grenade ?

– Oui : c'… c'est-à-dire… oui.

– Bon. Et qu'est-ce qu'il y a de fait jusqu'à présent ?

– Nous avons liquidé Kousko, dit le Président.

– Ça, c'est un succès, reprit l'Ukrainien. Nous avons payé huit cents dollars à un tueur pour qu'il reléguât un ignoble salopard du nom de Mangemerde qui nous en avait escroqué douze mille. Une vraie page d'Histoire. Et à part ça ?

– À part ça, dit le Président avec embarras…

– À part ça, rien. Allez, au boulot. Cette histoire-là est facile comme bonjour. Un enfant la résoudrait. Nous ne lèverons pas la séance avant d'avoir tout mis sur pied. Vous, Plazza, l'armée, ça vous concerne. Qu'est-ce que vous proposez ?

– Avec cinq exécutions de généraux et cent soixante et onze promotions de colonels au grade supérieur, j'en fais mon affaire, répondit un petit homme réjoui.

– Voilà un homme, dit l'Ukrainien.

– Vous, Enrique, l'Intérieur, l'opération de police, comment voyez-vous ça ?

Un vieillard gras, d'aspect peu attrayant, contempla l'Ukrainien avec ennui.

– Il n'est pas nécessaire de tout tuer, dit-il lentement.

Il prit un temps.

– Mais presque. Nous pourrons nous contenter d'emprisonner à vie les garçons de bureau des ministères secondaires. Tout le reste…

Et il eut un geste rasant de la main.

– Ça fait combien de personnes, en gros ? demanda l'Ukrainien.

– Exactement quatre mille six cent vingt-neuf.

– Vous aurez assez de cartouches ? fit l'autre, amusé.

Le ton viril et sans ambages de l'Ukrainien inspirait à l'auditoire un sentiment de sécurité complète. « Enfin, un révolutionnaire, pensaient-ils tous. Un vrai, un dur. » Et les plus conscients d'entre eux ajoutaient : « Pas comme nous… »

Quant à lui, il commençait à sentir une certaine tendresse baigner son cœur. Ces hommes, après tout, n'étaient pas que des incorrigibles bavards. Ils avaient en silence préparé le jour de l'action, l'avaient construite par la pensée, l'avaient calculée jusque dans le détail. Pour lui, qui figurait en quelque sorte l'œil du Comité Directeur continental au sein de la section néo-grenadine, ce qu'il entendait en ce moment était à bien des titres une satisfaction. Il commença à s'intéresser davantage aux questions qu'il posait, les resserra, plus précises chaque fois. Il apprit des choses inédites. Il enregistrait au fur et à mesure dans sa mémoire.

L'emplacement, l'effectif de chaque groupe de combat aréciste étaient prévus avec un horaire étudié qui serait communiqué huit jours à l'avance aux hommes de confiance – un par groupe. La liste des unités loyalistes de l'armée régulière était établie, avec les noms des officiers irréductibles, des indifférents, des sympathisants. Le délégué guatémaltèque avait relevé le plan des habitations de chaque homme à tuer; il avait aussi dressé la liste des membres de leurs familles qu'il était préférable de supprimer par la même occasion, afin d'éviter les séquelles de ce massacre. Le spécialiste des questions militaires exposa rapidement le plan des coupures qu'il comptait effectuer sur les voies de communication. Puis il indiqua sur une carte l'emplacement de ses stocks d'explosifs, les acheminements qu'il comptait utiliser pour les amener à pied d'œuvre. Enfin, le Président, qui était chargé des relations extérieures, fit l'exposé de ses moyens d'action et de ses démarches, révéla quels diplomates étrangers il tenait par l'argent, quels autres par la peur physique, quels autres par le chantage qu'il intitulait «pression d'ordre psychologique et moral». Il dressa enfin un tableau éloquent des appuis sur lesquels une révolution aréciste pouvait compter hors du continent sud-américain. Quelques-uns des noms qu'il cita furent une surprise, même pour l'Ukrainien.

«*Ainsi donc,* pensait celui-ci, *ça y est. Mon travail de la première année est terminé. Dans trois semaines j'aurai touché mon salaire. Six mois pour les vacances. Anita et moi. Les cuisses d'Anita, et les seins, et le ventre… Je l'emmènerai dans de drôles d'endroits, la gosse. Je me demande si elle aime les femmes. De toute façon… Enfin, plus que trois semaines de sale besogne. Au fait, est-ce tellement vrai? La présence constante de la mort purifie ce métier. Et on s'attache. Amitiés sans lendemain, certes, mais qui existent vraiment. Ainsi ceux-là… quand je ne les verrai plus, je les regretterai sans doute longtemps…*»

Il alluma une cigarette, en rejeta la fumée par une seule narine, puis reprit sa rêverie, bercé par la voix du Président qui, parvenu à l'euphorie des fins de séance, brossait une fresque oratoire qu'il voulait pompeuse.

– L'espoir des peuples démocratiques repose harmonieusement… disait Francisco.

« Il est vrai que, après eux, il y en aura d'autres... Depuis que j'ai commencé de travailler avec l'AREC, ce que j'en ai vu de ces types. Et tous les mêmes. Tous lâches en face de leur propre mort. Ils sont déjà trop gras. Parleurs, hâbleurs et gras. S'ils se lancent dans ces trucs-là, c'est parce qu'ils se disent que la catastrophe finale n'est pas pour eux. Arrivés devant, ils pleurent, mais jusque-là, des drôles... Et puis, qu'est-ce qu'on ne ferait pas pour être président, ou même secrétaire... Oui, ils ne croient pas à leur propre mort. Moi, si... »

Lancé les oreilles sur le dos sur le thème du sublime, Francisco développait des périodes d'une emphase romaine :

– Non seulement les successeurs, mais les continuateurs, mais les fils de l'immortel Siméon Bolo, nous marchons tout d'abord...

« Moi, si. Il y a une chanson française là-dessus, Gérald la chantait souvent :

> *Nous, on sait bien que ça se termine au grand air*
> *Le cou passé dans l'truc à M'sieur Deibler...*

« Oui, c'est, ca... une java, ils l'appellent la "Java des Hiboux", ça reprend pareil :

> *À moins qu'un jour un maous, un costaud*
> *Nous file un vache de coup de lame dans la peau. »*

Il rigola aux trois vers suivants :

> *« Ça se passe vite*
> *Sans eau bénite*
> *Nos héritiers auront des bigorneaux... »*

et termina avec une certaine tristesse :

« Nous les paumés, on cane dans un sale coup.
Qu'ça soit ici ou ailleurs, on s'en fout…

Pas sûr. Et puis eux, ils ont l'orgueil et la vanité qui leur tiennent la main au moment où ils passent. Ça devrait les aider. En réalité, ça ne leur sert à rien, parce qu'ils sont lâches. Moi qui ne le suis pas, je ne me sens aucun droit à la fierté ; c'est mal foutu, tout ça. »

Francisco ne savait plus comment s'arrêter de vaticiner.

– Je vois, disait-il, les glorieuses légions de l'AREC, je vois les phalanges innombrables des mères sud-américaines, je vois…

« *Mon zob…* trancha l'Ukrainien en son for intérieur. *Mon zob, t'es un con, tu parles trop. Je ne sais plus où j'en étais. Ah oui, au fond, la seule question : pourquoi est-ce que je fais tout ça ? Ceux-là, leur idée m'intéresse : un continent totalement unifié, un continent constituant une masse politique unique, ça ne manque pas de gueule. Mais j'en ai fait autant avec d'autres qui n'avaient même pas une idée, pas une qui ne fût d'une banalité à vomir. Et avec autant d'acharnement, avec ce même fouillis de sentiments contradictoires que je n'aime pas à débroussailler. Alors, qu'est-ce que je fais dans cette galère ? dans ces galères successives ? La seule réponse valable n'est pas que j'aime l'argent, certainement non.* »

– Et l'Amérique entière, dressée autour de l'AREC, montrera au monde le chemin de son avenir. L'AREC vaincra.

« *Ce que des révolutionnaires européens se marreraient en entendant ça,* pensait l'Ukrainien. *Et pourtant, ils auraient absolument tort. La révolution elle est ici et pas là-bas. Enfin, tout ça…* »

Et il se mit à penser à Anita avec une intensité toute physique :

« *Vivement ce soir qu'on se couche* », conclut-il silencieusement, en mettant la main dans sa poche.

– Je demande la parole, ajouta-t-il, à haute voix.

– Je vous l'accorde, dit le Président.

– Camarades, commença l'Ukrainien, je ne voudrais pas que vous puissiez penser que les paroles que je vais prononcer me sont dictées par mes attaches européennes, mais je ne voudrais pas non plus que nous nous séparions avant d'avoir eu un geste pour des hommes à qui nous devons beaucoup. Ces hommes montent autour de nous une garde vigilante. Si une brebis galeuse se glisse dans nos rangs, c'est eux qui l'en expulsent.

– Tu veux parler du coup de bouteille de ce matin? demanda le Guatémaltèque avec un sourire désagréable.

– Entre autres. Si un coup de main est nécessaire, qui envoyons-nous à l'assaut d'un poste de police ou d'une prison? Eux. Si un chargement d'armes tarde à arriver, comme celui que Frank a ramené hier soir de Sinamaïca, qui passe les monts et les frontières, qui conduit les lourds camions sur les pistes les plus dangereuses, qui prend le risque? Qui affronte quotidiennement la carabine du garde à cheval ou du milicien, la prison, le cachot, le coup de couteau au détour d'un chemin, la grenade dégoupillée et le mauvais café? Eux. J'ai nommé les tramps, camarades. Je connais l'âme de ces hommes. Ils ne sont pas de purs mercenaires. Soyez certains que sans leur sympathie nous n'aurions point leur aide. Je demande qu'ils soient officiellement honorés par notre assemblée.

– Rien de plus facile, dit le Président. Tout le monde est d'accord? Camarade secrétaire des débats, écrivez:

« Le Comité Directeur de l'AREC, section néo-grenadine, dans sa séance secrète du 2 mars 194…

« Considérant que les Seigneurs étrangers Jacques de Saint-Simon, dit Jackie Crocs-de-Jonc, Jim Dupont, dit Jimmy le Menteur, et George Whistway, dit le Banquier…

– Dit également le Gorille, compléta l'Ukrainien.

– Dit également le Gorille, poursuivit le Président, ont par leur courage, leur dévouement et leur foi, bien mérité de la Patrie Continentale Aréciste.

« Considérant que la condécoration aréciste Siméon Bolo l'Unificateur a été créée pour récompenser des hommes qui auront par des talents exceptionnels et un dévouement sans limites fait progresser la cause de l'AREC au péril de leur vie.

« Considérant qu'il y a donc lieu d'en attribuer les prérogatives aux susnommés.

« Par ces motifs :

« Condécore effectivement les Seigneurs Jacques de Saint-Simon, Jim Dupont et George Whistway de l'ordre de Siméon Bolo l'Unificateur, pour prendre rang en date de ce jour avec les avantages et privilèges y attachés.

« Charge les délégués aux Hautes Œuvres et à la Basse Police, chacun en ce qui le concerne, de l'exécution du présent décret qui prendra effet au premier jour de l'an I de la République Aréciste.

« Fait à AREC (Granada), le 2 mars 194...

« Je mets aux voix le présent décret.

– Je ne vois pas la nécessité de décorer des tueurs, dit sèchement le Guatémaltèque.

– Permettez-moi d'éclairer l'esprit de notre collègue, intervint l'Ukrainien. Il n'aura pas échappé à votre intelligence qu'il s'agit moins d'honorer les tramps que de les compromettre un peu plus avant l'action décisive. Je ne vous ferai pas l'injure de mettre les points sur les *i*. Cette injure, je ne vous la ferai pas, insista-t-il de façon injurieuse.

Ce machiavélisme enchanta les romantiques directeurs de la révolution continentale. Ils votèrent à bras raccourcis la motion suggérée par l'Ukrainien, puis deux autres du même style.

Tandis que s'aggravait le brouhaha de fin de séance, l'Ukrainien se surprit à penser à sa propre mort avec plus de précision que de coutume. Il considéra cela comme de mauvais goût et se morigéna.

Dans la rue, l'Ukrainien, que ses relations grenadines

saluaient du nom de Gonzalès C. Gonzalès, mais qui se nommait en réalité Basile Karévieff, l'Ukrainien se dirigea vers le *Copacabana*. Il commanda un punch à la crème, sorte de boisson sirupeuse, alcool, jaune d'œuf et brillantine, le sirota longuement en réfléchissant. Dehors un escadron de la garde à cheval s'avançait place de la Constitution montant prendre la garde au palais du Gouvernement. Les chevaux étaient noirs, importés à grands frais des États-Unis pour qu'ils fussent majestueux : les produits de l'élevage néo-grenadin tiennent trop du poney. Leurs robes luisantes étaient damées sur la croupe, les hommes casqués de cuivre tenaient à la main un sabre étincelant et droit, le pas des bêtes mesuré et souple évoquait une pavane. Saisis par le prestige des armes et du spectacle, les loqueteux regardaient, bouche bée, passer la garde noire qui était leur plus terrible ennemie.

Penché sur sa chaise pour mieux voir, l'Ukrainien évoquait avec tendresse sa jeunesse de cadet aux gardes du tsar. En l'officier qui marchait vers sa caserne comme on marche à la mort, beau et courageux de tous les périls, de tous les ennemis imaginaires qu'il affrontait mentalement pour se donner une contenance, Karévieff reconnaissait ses rêves d'adolescent, les nuits d'hiver à Pétersbourg, dans le dortoir, pendant sept longues années de prytanée.

Il régla sa consommation et sortit. En passant devant Niemaïev et Vedansky, il remarqua sur leurs traits la même nuance d'émotion qui avait touché son cœur. Il rentra vers l'hôtel *Avila*, marchant vite, tournant le dos aux soldats. Des bribes de fanfare de cavalerie chantaient en lui, mais celles qui lui parvenaient du palais où la troupe venait d'entrer avaient des résonances de jazz. Cela lui fut désagréable.

☆

L'homme remit en place le couvercle de sa machine à écrire, jeta dans la baignoire des feuilles de papier carbone qu'il inonda à pleins robinets, revint s'asseoir à sa table et se relut. Dans son verre à dents, un gardénia concentrait sur lui la lumière de toute la pièce. Il tourna lentement les feuillets et continua sa lecture en se faisant les ongles. Satisfait, il mit les documents dans sa poche et sortit. La douceur de la nuit lui fut agréable. Il regarda le ciel et se sentit en paix avec lui-même.

Il marchait en direction de la place Siméon-Bolo. Il passa rapidement devant le palais épiscopal et entra à la présidence. Un soldat s'effaça pour le laisser passer, puis sortit de sa poche un sifflet de bambou d'où il tira un long bruit plaintif. L'officier de la garde noire surgit de l'obscurité.

– Bonsoir, lieutenant, je viens voir le secrétaire d'État don Pépé.

– Il vous attend. Montez.

L'homme s'engagea dans le hall obscur où brusquement tout fut illuminé. Par un escalier majestueux il accéda aux salles de réception du premier qu'il traversa rapidement. À une table, un huissier grisonnant était assis, plongé dans la lecture de *Superman contre le Saint*. Il leva les yeux vers le nouvel arrivant, poussa une porte capitonnée, disparut un instant.

– Venez !

Karévieff entra dans un salon somptueux. Des tapis de Téhéran par terre et aux murs. Une table Louis XV immense et authentique. Des coffrets d'or où il y avait des cigarettes de tous les pays du monde. Et, debout près de la porte du fond, un petit homme qui ressemblait à Loubet, un Loubet qui eût été nègre et distingué.

– Monsieur le secrétaire d'État, dit l'Ukrainien, avec une charmante servilité, je vous salue. Je vous apporte les documents sur l'insurrection aréciste du mois prochain.

– Posez ça là, répondit le ministre.

La conversation était finie. Karévieff était très à l'aise, et plus il le laissait voir, plus le sosie de Loubet avait l'air absent.

– Voici votre chèque, Karévieff. Continuez à nous servir. Nous sommes très satisfaits. Quand l'opération contre l'AREC sera terminée, vous en trouverez la preuve dans l'*Officiel de Nouvelle-Grenade* au titre des nominations exceptionnelles dans l'ordre de Siméon Bolo le Fondateur.

Quel que fût son estomac, le Russe encaissa difficilement ce coup pourtant fortuit : le ministre ignorait encore l'affaire de la motion aux tramps. Sur le visage de Karévieff apparurent en foule des signes de fatigue. Le ministre les remarqua. Il ressentit un curieux élan d'humanité. Pour la première fois de sa vie, il posa une question d'ordre personnel à son mouchard. Peut-être s'était-il trompé dès le début en le considérant comme sordide.

– Et dites-moi, Karévieff, d'homme à homme : ça ne vous tourmente pas, de trahir ?

– Mon Dieu, dit le Russe…

– Je me renseigne, reprit Loubet. Pour si j'avais un jour à faire la même chose.

– Ne vous réglez pas sur moi, Excellence, je suis un cas particulier. Mes lois ne sont pas les vôtres.

– Comment l'entendez-vous ? demanda Loubet avec une certaine hauteur.

– Ce n'est pas pour rien que, de naissance, je m'appelle Basile, répliqua l'Ukrainien en souriant deux fois.

☆

Un poste de la garde était installé à demeure à la porte de Granada. Un jour, le bruit avait couru dans la ville que les Espagnols avaient fomenté un complot contre la vie du chef de l'État qui était alors le général Zapato y Colchón y Cucharita. Cela se passait trois mois avant que fût déclarée la guerre d'Autonomie, exactement le 1er juin 1854, jour de la rentrée des classes. Aussitôt qu'on lui avait signalé le danger, le colonel Lápiz avait délégué quatre soldats et un commandant d'artillerie à la surveillance de la route fédérale qui constitue l'unique débouché de la capitale vers le reste du pays.

Toute la journée, les militaires arrêtèrent les véhicules, fouillèrent les hommes, malmenèrent galamment les femmes qui à leur tour giflèrent abondamment les enfants qu'elles amenaient au collège. Tout cela fut vain.

Un amateur se guidant sur des indications puisées à l'édition espagnole de *La Science Amusante* venait d'achever la construction d'une bombe d'apparence si ridicule qu'il s'en débarrassa en la jetant par la fenêtre de son cabinet de travail. Elle tomba malencontreusement sur le général Zapato qui passait par là en sifflotant pour dérouter les éventuels conjurés.

Ça se passait à dix heures du soir. À dix heures et demie, au Théâtre Municipal, le général Zapatitos y Colchonito y Cucharita, neveu du précédent, recueillait sa succession; soucieux de régularité, il faisait tout aussitôt fusiller le colonel Lápiz, les quatre soldats du poste et le commandant dont le nom était Bondadoso. Puis il les remplaça par d'autres. De gouvernement en gouvernement, la tradition s'était maintenue. Le poste existe encore de nos jours. Il est tenu par douze policiers armés d'un sabre et commandés par un lieutenant-colonel qui a un revolver à barillet. Mais, à vingt mètres de là, quatre agents de la sécurité disposent de mitraillettes, de grenades à manche et d'une voiture à seize cylindres pour les cas graves.

Vers cinq heures du matin, l'officier de garde, qui avait des habitudes militaires et se levait tôt, balança une lanterne rouge en travers de la route. Une Jeep s'arrêta à sa hauteur. Le conducteur dit en français :

– Visez le chef de gare !

Puis, s'adressant au colonel, il lui souhaita le bonjour en espagnol :

– Bonjour, cavalier-colonel.

– Que la Vierge guide vos roues et Jésus votre conduite, répondit poliment l'officier. Mesdames, ajouta-t-il en direction de deux formes très enveloppées qui occupaient le fond de la voiture, mesdames, le lieutenant-colonel Cepillos vous salue.

– Nous allons à Motatán, dit Jackie Crocs-de-Jonc. Nous pouvons passer ?

Six policiers s'étaient approchés en silence. Ils dévisageaient le groupe avec des yeux en forme de canon de fusil vu de face – c'est-à-dire petits, circulaires, noirs et vides. L'un d'eux s'écarta de ses camarades et soupesa du regard la plaque arrière du véhicule : 5784 DFI. Un autre se retira vers le bas-côté et pissa sans parler. Le colonel garda un instant le silence et répondit :

– Nous devons voir vos papiers.

Jack et Jimmy sortirent des passeports de leurs poches. L'officier les lut avec attention, bien qu'ils fussent rédigés en français et qu'il ne sût que l'espagnol. Il formula d'un ton sévère une observation impérieuse à propos du paraphe compliqué dont Jimmy avait orné sa signature, puis reprit à l'adresse de la banquette du fond :

– Ces dames ont aussi leurs passeports ?

– Ce macaque nous fait chier, grogna Jim.

– Colonel, traduisit Jackie, ces deux dames sont de notre famille.

– Ma consigne est formelle. Je les respecte de toute mon âme, mais je veux voir leurs papiers.

Jack sauta de la Jeep. Le colonel trouva son allure vraiment très décidée, et il n'était pas sûr de ses hommes. Au volant, Jim affectait un air vexé qui le peinait.

– Cavaliers, dit-il sans chercher de transition, votre parole vaut pour moi tous les passeports. Vous pouvez continuer.

Saint-Simon se sentit brusquement très ridicule et se retrouva en un instant assis dans la voiture qui démarra. Les quatre agents de l'Investigation dormaient encore et pour cette raison ne posèrent aucune question. Sur la banquette arrière, Ramón sortit de ses voiles. Par le truchement du rétroviseur, il envoya à Jackie un sourire reconnaissant. Crocs-de-Jonc haussa les épaules d'un mouvement plein de violence, et le môme ravala son sourire. D'une voix horriblement fausse et en faisant des fautes d'italien, le Menteur entama l'hymne fasciste *Giovinezza* et continua jusqu'à ce que Jack l'eût relayé au volant. Sinaïa s'initiait en silence à l'humeur des étrangers. Huit jours auparavant, Jimmy avait été son premier amant blanc dans un hamac, vers une heure moins le quart, en plein soleil, au bord du río Chovre qui marque la frontière panaméenne. Depuis, elle allait de surprise en surprise.

☆

En arrivant au port, deux heures plus tard, ils eurent encore à subir une visite policière, mais l'atmosphère n'était pas la même. Il y eut des accolades avec le chef du poste, un petit homme à barbiche grise qui appelait les tramps par leurs prénoms et riait à chaque phrase. S'aidant d'un formulaire rempli sous la foi du serment, ils se parjurèrent deux fois par ligne et signèrent d'un cœur léger.

– Vous n'avez pas formé de projets contre l'unité fédérale, ni contre le gouvernement actuel, vous n'avez pas en votre possession d'armes apparentes, ni cachées. Vous n'êtes atteints d'aucune maladie contagieuse susceptible de mettre en danger la population de zone franche. Vous pouvez justifier de moyens d'existence certains et d'une profession honorable. Vous pouvez y aller, acheva le vieux avec jubilation. C'est George que vous venez voir ? Il n'habite plus au phare. Il s'est fait nommer conservateur du musée de la Marine. Vous savez où c'est ?

– À côté du bordel écossais ?

– Non, plus maintenant. George l'a fait transférer au bout de la plage, dans la villa du Yankee.

– Et le propriétaire ?

– Réquisitionné, répondit avec majesté le petit homme.

Un négrillon d'une dizaine d'années retira la chaîne qui barrait l'entrée de la zone. Au pas, d'une allure prudente et gentille, parmi la foule, la Jeep descendit la longue rue qui aboutissait aux quais. De chaque côté, des magasins étaient ouverts, qui avaient déballé jusqu'au milieu du trottoir l'éblouissant étalage de leurs trésors. Cotonnades de toutes les couleurs ; coquillages rares ; nickels des armes et des moulins à légumes ; meubles du pays en acajou rose semblable à la peau d'une rousse ; hamacs immenses et confortables ; machettes pour défricher la forêt vierge qui commençait à deux lieues de là ; battées de chercheurs d'or ; compas de navigation ; lourdes billes de bois dur ; voiles bleues pour les bateaux de pêcheurs, rouges pour les contrebandiers auxquels, par courtoisie, les douaniers donnaient toujours le titre de négociants ; câbles lourds, tressés à la main et lovés à la machine : il y avait de tout. Et des fruits exotiques y déversaient en cascade leurs odeurs chevauchantes.

Des lépreux à l'apparence gaillarde répandaient les effluves de leurs plaies sanieuses et mendiaient avec une énergie où la menace était sous-entendue. Les gardes municipaux chargés de la surveillance du marché volaient aux étalages de menus objets brillants. Du reste, tout le monde était à la fois vendeur, voleur et acheteur.

Des groupes de trois ou quatre hommes, vêtus de complets blancs, se frayaient un passage à coups d'épaule, tranchant par leur assurance compacte sur l'attitude fuyante et souple des badauds. Ceux-là discutaient à voix contenue des affaires sérieuses. Leur maintien le donnait à entendre. Sur les chiffres clés, ils haussaient la voix. Il fallait que cela se sût. Cela se savait, se répétait de bouche à oreille, se multipliait. Ainsi se fabriquent par petites touches répétées les flatteuses réputations d'homme riche.

Dans la foule qui allait processionnellement d'éventaire en éventaire, des courants se dessinaient selon des lois qui semblaient précises. Des cortèges parallèles circulaient l'un contre l'autre, en sens inverse, se séparaient, laissant entre eux une masse inerte dont les éléments, du coup, retrouvaient pour un instant leur individualité. Puis les courants se rejoignaient, se croisaient dans une mêlée confuse, reprenaient plus loin leur vie autonome. Des voleurs à la tire, des pickpockets, des artistes du rendez-moi et du paquet chilien s'étaient répartis les postes de commande. Parfois un homme criait une injure, s'élançait vers l'un d'eux. Le gibier plongeait dans la foule, son poursuivant en faisait autant ; au passage, autour de lui, il expliquait de quoi il s'agissait. Le flot les absorbait, puis les rejetait loin l'un de l'autre.

Les deux tramps ne perdaient rien de ce spectacle qui depuis vingt ans les enchantait. Initiés à toutes les combines, à toutes les canailleries qui se pratiquaient chaque jour, de six heures à midi, sur cet immense terrain de chasse, ils en savouraient chaque variante avec une joie féroce de connaisseurs. Quand un déguenillé s'accrochait à la roue de secours pour se faire traîner, ils le mettaient en garde contre toute tentative inconsidérée :

– Fauche pas la roue, disait Jimmy.

– Ni les boulons...

– Ni le bouchon du réservoir...

– Et le feu rouge...

– Et le jerrican...

– Enlève les mains de cette valise.

Parfois ils le laissaient s'avancer dans sa tentative, puis ruinaient ses espoirs alors qu'il touchait au but.

– Referme le coffre, tu veux ?

Ils ne se fâchaient pas ; c'était une espèce de jeu où leur voleur aussi se plaisait, bien que lui fût en train, à n'en pas douter, de perdre son temps.

À bout de bras, une jeune négresse présenta à l'intérieur de la Jeep un plateau de pâtisseries créoles dont Jimmy se saisit. Ils engagèrent, à toute vitesse, avec la gosse, un dialogue burlesque dans le dialecte du port.

– Vos Grâces ont beau être des Portugais, disait-elle en riant, elles ne me dépouilleront pas ; elles auront pitié de ma vieille mère, de mes sept frères cadets et de mon petit grand-père.

– Les Portugais n'ont pas de cœur, répondit Jackie avec sérieux, engloutissant coup sur coup deux « archevêques », gâteaux parfumés à l'écorce de *caoba*.

Pour la première fois depuis des mois, les deux tramps s'amusaient comme des gosses, sans brutalité, sans méchanceté, ni même sensualité. Ils s'émerveillaient de trouver cela si agréable.

Ils arrivèrent aux docks. De vastes hangars plats chauffaient au soleil sous leurs chapeaux de tôle ondulée. Des manœuvres dormaient sur des trucks immobiles. Seule une grue rageuse travaillait à extraire des marchandises par les écoutilles d'un cargo. Une petite voiture anglaise, basse et carrée, aux ailes fines, oscilla au-dessus du pont, accrochant des éclats de soleil à ses nickels. La chaîne glissa le long du châssis, se bloqua aux roues arrière. Verticale, l'auto arriva sur le quai, le conducteur de la grue la posa dans cette position ; elle avait l'air d'une guérite ; il n'y manquait qu'un horse-guard en bois découpé. Deux nègres l'attrapèrent par la malle arrière et la replacèrent sur ses quatre roues avec aisance, comme s'ils avaient manipulé une armoire de bois blanc.

– C'est drôlement mieux que Granada, dit Jimmy.

– Tu penses, là-bas, ils crèvent tous de faim, ça les rend hargneux. Ici la richesse circule, sort des entrepôts pour faire un tour dans la rue et se mêler à eux. À un repas par jour, il n'y a pas beaucoup de morales qui résistent. Rappelle-toi la prison…

– Je n'ai jamais été en prison, répondit sévèrement le Menteur.

Le dernier hangar était celui de la Banque agricole fédérale. Créé par les vingt familles qui sont propriétaires du territoire néo-grenadin, cet organisme tient du gouvernement le double monopole des prêts aux cultivateurs et de l'importation du matériel agricole.

Deux cents caterpillars jaunes étaient alignés le long du mur. Plus loin, à l'angle de la chambre aux valeurs, une voiture grillagée était stationnée. Deux soldats en armes regardaient les péons manipuler de petits sacs de toile gros comme des noix de coco. Les gars en prenaient deux dans chaque main, et ça avait l'air de leur suffire.

– Mords, dit Jackie à son copain, un arrivage de jonc.

– Hein ?

– De l'or. Ça vient des mines du Callao. Ils sont vraiment pas vicieux : la porte est en acier, mais le mur est en brique. Tu paries ?

– Penses-tu !

– Tu paries ? Un kil de Black and White pour chacun, George, toi, et moi.

– Pourquoi George ? s'étonna Jimmy, qui pis est, avec toutes les apparences de la sincérité. Il n'est pas dans le coup.

– Ce que tu es cuistre, dit Jackie. Viens voir.

Il arrêta la Jeep.

– Attendez, vous autres, ordonna-t-il.

Puis, flanqué de Jimmy, curieux, il s'avança d'un pas rapide vers l'entrée du local. Bousculant un soldat qui, sans conviction, faisait mine de lui barrer le passage, il entama avec Jimmy d'un ton furieux, et en espagnol, la fin d'une discussion animée :

– Et j'en ai assez ! Personne ne sait ni ne commande rien d'intelligent dans votre sale boîte. Où est l'ingénieur de la mine ? Où est le pointeur ? Je verrai le directeur s'il le faut...

Un employé s'avança, le carnet à la main, et s'arrêta au seuil de la porte.

– Qu'est-ce qu'il y a ? Qu'est-ce qu'il y a ?

– Vous êtes l'ingénieur de la Callao, Gold, Gold, Gold and Cooper Company ? demanda Jackie.

– Non, il est là, répondit le scribe en lançant son pouce par-dessus son épaule.

– Ah, il est là ? Nous allons bien voir ! Venez, vous, ajouta Jack en se tournant vers Jimmy. Nous verrons si vous répétez ça devant lui.

– Mais messieurs, sans laissez-passer... commença l'employé.

– Ah, vous, foutez-moi la paix, hein ! s'écria Saint-Simon avec une brutalité dictatoriale. Ça fait assez de temps que je perds avec ces conneries.

Ils se trouvèrent à l'intérieur en l'espace d'un clin d'œil. Avisant un Yankee debout sur des jambes démesurées :

– C'est vous, la Gold ? demanda Jack.

Les sacs étaient déposés par rangées de dix, le long du mur, côté Caraïbe ; et ce mur était de brique.

– *Ya*, dit l'Amerlock.

– Oui ou merde, allez-vous prendre livraison de la foreuse qui est arrivée il y a trois semaines sur le *Son of a Bitch* ?

– *No*, dit le Yankee. *That is not my job.*

– Pas son job ! vous avez entendu, monsieur le commandant en second, s'exclama Jack à l'adresse de son copain avec une fureur exacerbée. Pas son job ! Venez ! nous allons chez le directeur. Et tout de suite.

Ils repassèrent devant le pointeur, qui se laissa bousculer avec respect, et regagnèrent la Jeep.

– Alors, t'as vu ? dit Jackie. Et ça ne te coûte pas cher, trois bouteilles, vingt dollars.

– Il n'a jamais été question de bouteilles, mais de litres, répondit l'autre, beau joueur. J'en ai pour trente thunes, le moins. Ça ne fait rien, c'est quand même pas cher.

– T'excite pas, vieux, lui dit-il. Le prix qu'on a fait, c'est pour le spectacle, pas pour le tuyau.

– Voyons, Jack… fit Jimmy avec reproche.

Cela ne rassura pas le moins du monde Crocs-de-Jonc.

Le musée de la Marine était installé dans une sorte de chalet normand que l'architecte avait entouré d'une colonnade dorique peinte en diverses couleurs. Contrairement à la coutume locale, le toit n'était pas de tuiles, mais d'ardoises, et très pointu. Des meurtrières ménagées le long de l'escalier intérieur ajoutaient à l'édifice un cachet médiéval. Mais les balcons étaient de style Louis-Philippe, et de grandes baies vitrées s'ouvraient sur la mer. Le propriétaire s'était efforcé de remédier au disparate de l'édifice par une peinture en trompe-l'œil exécutée au Ripolin le long des créneaux de l'entresol. L'on accédait au jardin par une grille de fer et cuivre qui, en

1925, avait été primée à l'Exposition des arts décoratifs de Paris. Dans les allées, déambulait un pélican apprivoisé. Le ciel du tropique et le soleil exagéré conféraient à l'ensemble une apparence d'évidente logique. Seule tache, seule ombre au tableau : légèrement en retrait sur la gauche, une sorte de cabane à outils délabrée se mirait tristement dans la boule de verre qui ornait le massif central.

Semblable à une boule était également M. George E. Whistway, conservateur du musée de la Marine néo-grenadine et correspondant de plusieurs sociétés savantes. Glabre et chauve, de taille médiocre, aussi parfaitement sphérique qu'on peut raisonnablement l'espérer d'un être humain muni de ses quatre membres, la personne de M. Whistway ne comportait que deux ornements notables : une cicatrice au sommet du crâne et un tatouage bicolore en exergue autour du nombril. Un coup de sabre avait entamé sérieusement le front de George, du temps que, officier de Sa Majesté, il trouvait encore des gentlemen pour se battre en duel avec lui. Le chirurgien avait trop tiré sur la peau en fixant les agrafes. Lui déplaçant une oreille et un sourcil, il avait conféré une fois pour toutes à son patient une expression d'étonnement distingué.

Quant au tatouage rouge et bleu, il reprenait pour le compte de l'ombilic de George la phrase du grand Anglais : *Wait and see*. Cette inscription était postérieure à l'autre. Elle était la conséquence d'un pari stupide engagé contre un major du Royal Gordon et gagné par Whistway quinze jours avant sa désertion. La seule fois que ses camarades parlèrent de lui depuis lors, ce fut pour rappeler cet épisode et en conclure à tort que déjà quelque chose ne tournait pas rond dans la cervelle du garçon.

M. Whistway était un homme doux, pondéré, un tantinet maniéré. Les habitants du port pensaient de lui le plus grand bien. De plus, ils redoutaient ses colères, d'une violence incroyable. Elles avaient déjà coûté la vie à deux hommes. Chaque fois, l'Anglais avait tué avec ses mains nues.

C'est à l'époque du deuxième meurtre qu'il avait été surnommé le « Gorille ». Ce sobriquet avait remplacé celui de « Banquier », sous lequel les éléments communistes de la population le désignaient auparavant, à cause de sa ressemblance avec la classique caricature de l'homme des trusts.

Blond, mince et sportif, M. Whistway avait débarqué au port en octobre 1918. Il baragouinait l'espagnol, et le plus clair de son effort d'adaptation consistait à prendre l'accent cockney – qu'il appelait tonique – pour terminer ses phrases.

Pendant un mois, il avait erré du *Bar Occidental* au bordel écossais, où il y avait une femme qui parlait l'anglais abâtardi des Barbades. Il semblait très pauvre. Puis le maire s'était pris d'amitié pour cet adolescent taciturne.

– Il y a une place vacante au collège municipal pour une chaire d'italien, avait-il dit un jour au jeune George. Voulez-vous la prendre ?

– Je ne sais pas l'italien, avait répondu le garçon.

– Qu'à cela ne tienne, vous serez professeur honoraire.

George prospéra dans ce poste qui était d'ailleurs absorbant. L'essentiel de la tâche consistait à siéger à la tribune officielle les jours de fête nationale. Mais la Nouvelle-Grenade est un pays dont l'histoire est courte et vide. Il ne s'est jamais rien passé. Il ne s'y passe jamais rien. Le moindre événement qui, en Europe, occuperait à peine un filet à la cinq dans la presse du soir prend là-bas une importance considérable. De plus, le Néo-Grenadin est un Latin mâtiné de Noir. Ce sont deux races qui aiment les cérémonies : d'où l'abondance des anniversaires.

George ne tarda pas à se sentir surmené. Il adressa une demande au ministère de l'Instruction, pour se faire détacher en mission d'observation scientifique. Quand on lui demanda ce qu'il voulait observer de préférence, il choisit la mer Caraïbe, qui avait l'avantage de baigner la ville où il commençait à avoir ses habitudes.

Quinze ans de suite, il habita dans le logement d'un phare désaffecté, trois kilomètres à l'ouest du port. Il se mêla à peine à la politique locale, juste histoire de se meubler à peu de frais dans les réserves du palais du Gouverneur qui regorgeaient de meubles espagnols de l'époque coloniale. Il aménagea sa demeure avec un goût austère. Puis il organisa divers trafics de contrebande et commença à faire venir des bouquins d'Europe. Il s'était également procuré, à prix d'or, un Pleyel qu'il accordait lui-même deux fois par mois, car la chaleur faisait jouer le bois du cadre.

Sa bibliothèque étant devenue trop importante, il avait dû solliciter un changement de poste pour loger ses sept mille volumes. Il avait été nommé conservateur du musée de la Marine.

Avec l'âge et l'embonpoint, l'ambition lui était venue. Peut-être aussi l'oubli commençait-il à effacer les sommets de honte, à brouiller les ombres de sa jeunesse perdue. Il était redevenu le type parfait de l'Anglais des tropiques. Il désira donc un yacht. C'est pour se procurer les moyens de l'acquérir qu'il s'était, au cours des deux dernières années, sérieusement compromis dans le mouvement aréciste, dont, à aucun moment, il n'avait désiré le succès.

Tel était l'homme qui accueillit ses amis français Jack et Jim, accompagnés de leur suite. Il y mit une courtoisie peut-être un peu froide, mais dépourvue de morgue. C'était la première fois qu'il recevait leur visite depuis qu'il avait quitté le phare. Il leur fit les honneurs de sa demeure.

– Voici la salle commune. Ici la bibliothèque. J'ai pas mal de bons auteurs français. Vos chambres sont au premier, la douche au rez-de-chaussée. Il y a une bouteille de scotch dans chaque pièce. Le breakfast est à huit heures, le lunch est à midi juste, le dîner à huit heures. Si vous avez besoin de moi, ma chambre est ici.

– Et les salles du musée ? demanda Jimmy.

– Le musée proprement dit n'est pas ici. Vous n'avez sans doute pas remarqué la plaque de la porte : « Appartement du conservateur ». Le musée, c'est ce petit bâtiment qui est dans le jardin.

– Le clapier ? demanda Jack.

– En planches, avec du fil de fer ? renchérit le Menteur avec une nuance d'admiration.

– *Yes*. L'histoire navale de la Nouvelle-Grenade y tient à l'aise, répondit George avec un mépris compact. Il n'y a qu'une marine au monde, ajouta-t-il. C'est la Navy.

☆

Pour son premier jour de vacances, Jackie se réveilla tard. Dans sa chambre du premier, le soleil entrait par une tache modeste, mais si intense que toute la pièce en était illuminée. Il regarda son bracelet-montre qu'il gardait toujours au bras pour dormir. « Ça c'est un truc d'homme pas heureux, lui avait dit un jour une Grecque qu'il avait connue à *La Coupole*. Chez nous où le bonheur est l'état normal des gens, ils regardent le ciel pour savoir l'heure. » Mais le soleil au tropique est toujours au zénith. Jackie tendit la main vers son paquet de cigarettes, en alluma une, la fuma avec indolence en buvant à petits coups son premier whisky de la journée. Il avait eu la précaution de déposer la bouteille à côté de lui en se couchant. Puis il allongea la main vers le bouton de la porte, l'entrouvrit et cria : « Mon déjeuner ! » Il se rendormit en l'attendant. Il rêva. Son rêve avait un caractère d'angoisse qu'il reconnaissait. C'était souvent le même. Il avait quinze ans, il traînait durant des heures au long des trottoirs de la rue des bordels, qui, dans sa ville natale, contournait la cathédrale. Il savait qu'une femme finirait par remarquer ce gosse au teint frais ; qu'elle l'appellerait, le prendrait dans ses bras, appuierait entre ses seins tièdes et lisses ce visage imberbe, glisserait, le long de son ventre, une douce main vers son sexe raide, et le mènerait, parmi des caresses toujours plus chaudes, vers le sien. Et que tout cela finirait dans une frénésie brutale et une extase saccadée. Mais de ne pas savoir qui elle serait – ni quels mots elle murmurerait au moment de jouir : des ordures ou des tendresses –, et de se dire qu'une inconnue était prête à devenir, en quelques minutes, une bête déchaînée, hurlante et pleine de halètements, et qu'il aurait la surprise divine de son visage dans le désir et dans le spasme, cela seul, déjà, l'animait de passion.

Ce jour-là, il y avait une relation entre ce songe et la proche réalité : le soin particulier que George avait toujours apporté au choix de ses servantes et les habitudes de prévenance qu'il leur avait inculquées à l'égard de ses hôtes. Jackie était déjà si plongé dans son rêve que, lorsqu'une main se glissa le long de son corps, se referma sur lui, et que, sur sa poitrine, il sentit la douceur ronde et ferme d'un sein qui s'appuyait, il fut un long moment avant de savoir qu'il était éveillé.

Dans la bibliothèque, Jimmy martelait le Pleyel qui n'en pouvait mais, exécutant littéralement les trois premières mesures d'un chant folklorique du Texas dont les paroles signifient : « Je rirai quand tu mourras, mon salaud. » Quand il avait fini, il marquait un temps et recommençait. Jack cherchait vainement, dans un exemplaire numéroté de *Corydon*, la justification de l'attrait qu'avaient exercé sur lui, l'avant-veille, les fesses d'un rouquin pour lequel il n'avait pas d'estime. Il trouvait Gide ennuyeux, et la musique de Jim insupportable. Ramón, lui, relégué aux communs avec Sinaïa, languissait comme elle, loin de la faveur des maîtres. George était sorti.

Jackie remit le petit bouquin dans les rayons, bien à sa place, et appela :

– Eh, Menteur !

– Quoi ? dit Jimmy, en arrêtant pour un instant le cours infini de sa rengaine.

– Quand t'auras fini, dit Jack avec une ironie glaciale, quand t'auras fini, on en fait un ?

– Un quoi ?

– Un assaut à la salle.

– Gy, dit Jimmy.

Depuis des années partenaires, ils aimaient à faire assaut ensemble. Ils avaient adopté une règle qui leur était particulière. Ils se battaient torse nu, uniquement protégés par le masque de treillage à la robuste collerette de cuir qui défendait leur gorge. Le jeu consistait à placer ses coups exclusivement au masque de l'adversaire. Tout autre but était prohibé. Une touche au corps ou aux membres valait un mauvais point au sabreur maladroit, et parfois une sérieuse estafilade à l'autre. Une fois déjà, Jack avait eu l'avant-bras traversé de part en part sur un dégagement malheureux. Jimmy boitait un peu sous les climats brumeux et froids, des suites d'un assaut que son partenaire avait perdu par 3 à 2.

Ils décrochèrent deux lattes de cavalerie, qu'ils trouvèrent lourdes. Puis Jim aperçut, à l'écart du râtelier, une paire de sabres d'abordage, légers, courts, un peu recourbés, à la vaste coquille enveloppante. Ce furent ceux-là qu'ils choisirent.

Ils croisèrent le fer en garde haute, reculèrent pour prendre une solide assise sur les hanches, puis se tâtèrent pendant la première reprise, cherchant à retrouver les finesses du jeu et les points faibles du partenaire. Jimmy battit en prime la lame de Jack qui la maintenait ferme, lança des feintes au torse, aux épaules, puis rentrait mollement dans la garde adverse, engageant son arme et poussant sans conviction : Jim avait le poignet trop dur pour lui. Crocs-de-Jonc se ménageait, calculait des moulinets et des feintes compliquées ; à un moment, il alla même jusqu'à rompre de deux pas francs pour juger de l'ensemble. Ce ne fut pas une inspiration heureuse. Jimmy poussa droit devant lui et à toute force une pointe qui arriva droit sur le masque à la hauteur du nez. La pendule automatique sonna la fin de la reprise.

Ils soufflèrent une minute. Jimmy fit des assouplissements, s'accrochant à une corde tendue horizontalement au mur entre deux anneaux. Il étirait ses jambes comme une danseuse fait la barre. Puis il alla se rincer la bouche au jet, et revint en crachant bruyamment. Jack était resté assis tout ce temps-là, accompagnant chacun des gestes de son ami d'un regard chargé de sarcasmes. Ils reprirent place sur l'étroite bande de cuir.

Ils étaient un peu plus chauds, la partie s'animait. Les lames avaient pris entre leurs mains une vivacité qui leur semblait propre. Elles cherchaient elles-mêmes un chemin dans la routine des feintes et des ripostes. Ils ne faisaient que les aider, et le dessin qu'elles traçaient en traits d'éclairs gris les étonnait par sa beauté précise. Le premier coup de taille à la tête fut grandiose. L'acier décrivit deux zigzags foudroyants, tournoya un instant au-dessus des deux hommes et s'abattit avec force sur la calotte d'un des masques, tandis que des deux poitrines s'échappait le même coup de souffle rauque qu'avaient arraché à l'un l'effort, à l'autre la surprise.

Le repos qui suivit cette deuxième reprise fut empreint de cordialité. Ils retrouvaient ensemble des tas de sentiments simples et depuis longtemps oubliés. Ils éprouvaient leur camaraderie et la sentaient vivante. Jackie passa le doigt sur la lame et en mesura les ébréchures d'une caresse effleurée :

– Ça ne vaut pas les sabres de la Royale, à l'arsenal de Toulon.

– Tiens, tu y as été aussi ? dit Jimmy.

– En 31.

– Et moi en 34 avec Barbichu, le frère du Jocrisse.

– Sans blague ? C'est lui qui m'a appris le vrai coup de Jarnac, au jarret droit de l'adversaire. Tu sais qu'il n'y a rien de plus académique et régulier que le fameux coup de Jarnac ? Tu ne connais pas ? Tout à l'heure on se capitonnera, je te ferai voir. On y va ?

Ils reprirent le combat avec animation. Une précision merveilleuse dirigeait maintenant leurs armes. Le lourd assaut des sabres se rapprochait du jeu fin de l'épée, s'améliorait à chaque échange, évoquait un ballet. Ils jouissaient du spectacle qu'ils étaient en train de s'offrir l'un à l'autre, lorsqu'une porte s'ouvrit au fond, face à Jackie. George, attiré par le cliquetis des lames, le tintement des coquilles, le fracas des pas, venait voir le combat. Une femme haute, dont la tête était casquée de roux, le suivait à deux pas.

– Hallo, Jackie, dit-elle. Hallo, Menteur.

– Monica ! s'écria Jack.

– C'est moi. Continuez.

Et elle se rangea au bord de la piste de combat, suivant de ses yeux verts le jeu des passes avec un mélange de langueur et de vivacité. George alla vers le râtelier et, décrochant une des plus grandes lattes, commença une série d'exercices. Il battit l'air à une cadence frénétique en prime et en tierce, puis exécuta des moulinets de chaque main, lançant l'arme en l'air pour la reprendre au vol et enchaîner sans intervalle. Il soignait sa forme.

Les deux Français continuaient leur assaut avec une ardeur à laquelle la présence de Monica apportait certainement quelque chose. Les échanges se suivaient à une cadence qui devenait trop rapide, les ripostes s'enchevêtraient avec les parades, et les feintes devenaient d'une méchante subtilité. Non seulement le style mais le visage des escrimeurs avait changé. Une expression tendue, audacieuse et réfléchie, avait remplacé sous les masques l'air sportif et amusé de deux copains qui s'en donnaient à cœur joie à la reprise précédente. La pendule sonna la fin sans qu'ils l'entendissent. Ce fut Monica qui leva les mains et leur cria de s'arrêter. Ils relevèrent les masques sur leur front. De la poche de son short, la rousse tira un mouchoir avec lequel elle essuya la sueur sur les tempes, le front, les lèvres de Jackie. Puis elle lui tendit les siennes, et, les yeux fermés, ils se firent l'un à l'autre présent d'un baiser dont la sensualité forcenée avait un parfum de tendresse. Un peu à l'écart, Jimmy perfectionnait son anglais avec George. Dans cette langue, le Menteur savait dire trois phrases compliquées et d'un placement peu facile : *Le couteau que mon père m'a donné est plus grand que le parapluie que ma tante a perdu. Je prendrai la diligence mercredi après avoir chassé le renard bleu dans votre grosse propriété. Si vous simulez toutes les maladies, vous serez passible de la loi.* Il connaissait aussi quelques onomatopées d'un usage plus courant telles que *yes*, *no* et *quick*, ainsi que les jurons et insultes les plus usités.

– Eh, Menteur, on y retourne ?

Jackie reprenait son souffle après une étreinte plus platonique de fait que d'intention. Encore penché sur Monica, il ajouta :

– Ça n'empêche pas que je te croyais avec Cementerio et que les affaires, tu t'en fous pas mal. Tu as de la veine d'avoir d'aussi jolis seins. Fais gaffe, Cléopâtre, tu vas te faire couper le nez.

– Et ce serait dommage, dit galamment Jimmy qui se mettait en garde.

Monica lui balanstiqua un grand sourire en plein visage.

– Vous entendez comme il me parle, ce maquereau ? Corrigez-le.

Elle roula des hanches et s'écarta de trois pas. Les fers se croisèrent sans brutalité, mais on sentait que les poignets qui les dirigeaient étaient raidis. Dès le premier choc, les deux hommes se heurtèrent garde contre garde, et restèrent un long moment face à face. Ils poussaient leur arme de toute leur force, soufflants et rouges, les veines gonflées. Ils guettaient le moment du dégagement dans les yeux de l'autre. D'adversaires, ils étaient en passe de devenir ennemis. Monica suivait le jeu avec attention. Jimmy décrocha le premier, et lança un coup de pointe qui rasa la poitrine de Saint-Simon. Sentant que la parade arriverait tard, celui-ci esquiva d'un bond, puis reprit la lame de Jim dans une voltige de tierce à prime qui leur fatigua la main à tous les deux. Jimmy rompit d'un pas et relança une pointe vers l'épaule de Jack. La peau céda sous la pression de l'acier qui pénétra de près d'un pouce. Des gouttelettes de sang jaillirent, puis un filet coula le long du bras jusqu'à la garde.

– Attention, mon con, dit Jack. Et un point pour moi.

Sans répondre, même par un grognement, mais qui eût ressemblé à une excuse, Jimmy doubla son coup qui cette fois effleura la clavicule et fit de nouveau jaillir le sang. Sous le masque, Saint-Simon se sentit pâlir. Monica lança à Jimmy un regard plein d'estime. Cela ajouta à la colère de son amant une nuance de rage. En même temps, sa raison lui souffla un conseil de modération.

«Ah, tu joues ce jeu-là. Attends», pensa-t-il d'abord. Puis : «Tu vas voir comment je vais te faire sauter ta rapière.»

Et il battit si rudement en prime, par deux fois, que le sabre de Jimmy dévia et passa à un doigt de la jambe de Monica. Celle-ci s'était rapprochée et, la bouche entrouverte, suivait les séries avec une expression proche du désir. Jimmy rompit encore d'un pas, se rassembla, puis, au ras du plancher, se détendit comme une flèche. Il posa la main gauche à terre, passa sous la lame de son adversaire et lui décocha au flanc une botte d'épéiste qui, une troisième fois, fit couler le sang de Crocs-de-Jonc. Encore celui-ci n'avait-il échappé à la blessure la plus affreuse – l'éventration – que par une de ces esquives peu académiques qui laissent dans la mémoire d'un escrimeur un souvenir empoisonné.

Jack s'était déplacé trop brusquement pour placer sa riposte. Il rompit de trois pas, se couvrit d'un moulinet, et de la main gauche, posément, enleva son masque qu'il jeta dans les mains de Monica.

– Il me gêne, dit-il. Tu y es, Jim ?

George, occupé à ses exercices, n'entendit pas ces quelques mots, pas plus qu'il n'avait prêté attention à ce qui s'était passé au cours des deux reprises précédentes. Jimmy resta un instant déconcerté, puis recula sur une prudente garde haute et attendit. S'il espérait lier le fer, il se trompait. Un moulinet tournoya autour de sa tête, si rapide qu'il sifflait comme une fronde. Jimmy chercha à suivre, mais la défensive ne lui réussissait pas. Il ne se sentait pas maître de ses moyens. Sans qu'il comprît bien comment, de la roue d'acier se détacha un éclair, un formidable coup de manchette qu'il para avec la coquille de son sabre. Suivirent trois coups de pointe furieux qui frôlèrent chaque fois le centre de son torse. Il fut saisi d'inquiétude à l'idée que, chaque fois, il était parti tard à la parade, et qu'il était arrivé de justesse. De rudes battements à prime et une série à tierce lui donnèrent le sentiment que quelque chose se préparait. Une ouverture d'une fraction de seconde dans la garde de Jack lui offrit une chance dont il ne sut pas profiter. De nouveau, il sentit en face de lui la volonté de tuer. Il pensa à attirer l'attention de George mais n'osa pas. Quant à Monica, sa figure évoquait le spasme. Elle haletait.

– Jack, oh, Jack… répétait-elle avec extase.

Un coup de tête frôla l'oreille droite de Jimmy qui esquiva et lança à tout hasard sa lame en pointe vers Saint-Simon. Celui-ci la négligea à l'aller, mais au retour, d'un battement sec et pourtant très appuyé, releva le sabre de Jim. Puis il rompit d'un demi-pas et se fendit. Alors, seulement, sorti tout vivant d'un cauchemar, George arriva en courant sur ses courtes jambes et, de sa longue latte, détourna le coup qui était sur le point, en le perçant d'outre en outre, de faire gagner à Jimmy le Menteur plusieurs années sur son tour de cimetière. Saint-Simon se trouva d'un seul coup dégrisé. Jimmy arracha son masque d'un geste violent et apparut tout pâle avec deux traînées de sueur grise qui descendaient le long de ses joues, prolongeant bizarrement sa chevelure blanche.

– C'est ma faute, dit-il. Excuse-moi, Jackie.

– Menteur, tu es un con. Et moi aussi, ajoutait Saint-Simon après un temps de réflexion.

George avait repris ses exercices.

– Jack, tu étais formidable, soupira Monica.

Et elle ajouta d'un ton de regret :

– Un peu plus j'y allais de mon voyage.

☆

– Des défroqués, voilà ce que vous êtes tous : de la famille, de la patrie, de l'honneur, du quartier Saint-Sulpice. Défroqué de la médecine, Jimmy, de la Navy, George. Et moi, j'en ai marre. Vos nostalgies, ça me saoule.

Quelque chose qui ressemblait à une contraction des mâchoires se produisit au bas des joues de l'Anglais. Il murmura avec violence une imprécation très grossière qui s'adressait à Monica, et s'arrêta de manger. Elle claqua la porte derrière elle. Les trois hommes restèrent seuls, assez gênés.

– Elle est nerveuse, dit piteusement Jimmy.

– Nerveux, nous le sommes toujours. Ça n'est pas une raison.

– Qu'est-ce que vous faites cet après-midi ?

George avait posé la question d'une voix parfaitement paisible. Pourtant, on le sentait encore très proche de la colère.

– Ta vedette marche ? demanda Jack.

– Hum, si vous allez loin…

– Juste un tour, jusqu'à la plage aux palétuviers. On ramènera des huîtres pour le dîner et une perle de six cents grains, pour peu qu'on ait de la veine. Tu en es ?

– Si je ne suis pas indispensable à vos relations avec le moteur, j'aime autant rester.

– Et toi, Jimmy ?

Pour la distraction et l'édification de Sinaïa, qui, assise dans un coin de la pièce, le regardait avec cette variété d'adoration qu'inspire l'incompréhension, Jimmy était en train de rater un tour de prestidigitation. Il s'agissait d'un équilibre invraisemblable où intervenaient trois cure-dents, un verre de whisky, deux fourchettes, une assiette à dessert et le couteau à pain. Entendant prononcer son nom, il fit un léger mouvement. Rien ne resta intact, dans le lot, de ce qui était susceptible de se briser. Une prodigieuse satisfaction s'inscrivit sur les traits sans relief de l'Indienne. Elle avait enregistré mentalement le procédé, qui, par sa complication, lui avait paru grandiose, et se promit d'y avoir recours toutes les fois que les nécessités de l'existence l'amèneraient à casser la vaisselle. Jimmy prit à son intention le visage de celui qui vient de mener à bien une tâche délicate, et acquiesça à la proposition de son copain. Le déjeuner s'acheva sans autre incident.

En sortant de table, Jimmy passa devant Sinaïa et parut hésiter.

– Pense à tes artères, lui dit en rigolant Crocs-de-Jonc.

– Justement, après manger, une bonne sieste…

– Pas comme ça. Allez, viens.

En passant sous la fenêtre de Monica, ils la hélèrent sans rancune, l'invitèrent à se joindre à eux. Un refus leur parvint, exprimé avec une concision qui frisait la grossièreté.

Pourtant, à peine avaient-ils parcouru cent mètres sur la route du littoral qui, plantée de palmiers élégants, offrait du tropique une image lénifiante et optimiste, qu'ils entendirent quelqu'un courir derrière eux. Monica venait les rejoindre. Elle portait un short évasé sur les cuisses. Par l'ouverture de son chemisier noué devant apparaissait le blanc profil de ses beaux seins.

«Il y a de la déesse dans son cas», pensa Jack.

☆

– Ça y est, on est en rideau, constatait Jimmy, d'une voix dépourvue d'amertume, mais avec un petit ton d'évidence assez énervant. Il n'avait pas cessé de prédire des tas de catastrophes au sujet de ce moteur depuis que Jackie avait essayé de le pousser un peu pour courser un requin. Cinquante brasses plus loin, un aileron noir continuait à trancher en droit fil le flot bleu. La vedette continua un long moment sur son erre, puis ralentit, s'arrêta sans qu'on pût dire à quel moment exactement sa course avait cessé. Maintenant, elle se balançait distraitement à la vague large et légère qui la portait. Le silence s'établit, que soulignait le faible clapotis de l'étrave. Jimmy se saisit de plusieurs instruments d'acier, dont certains à molette, et enleva un des panneaux qui protégeaient surtout contre les indiscrétions les deux cents chevaux du huit cylindres. Quand il eut constaté qu'il s'était trompé de côté, il jura sans colère, juste pour marquer le coup.

– On te laisse faire, vieux, lui dit cordialement Jackie. Tu t'y connais mieux que nous.

– Salaud, répondit Jimmy.

Il commença à enlever les boulons. Jack toucha l'épaule de Monica, l'attira vers lui. Leurs regards se portèrent vers l'entrée de la cabine.

– Et Jimmy ? dit Monica.

– T'occupe pas. Il en a pour un brave moment.

Il poussa le verrou et tira le rideau du hublot. Monica était debout contre lui. Ces voiles me pèsent, semblait-elle dire. Pourtant ce bikini microscopique était surtout un ornement aux parties les plus sensibles de son corps. L'homme posa ses deux mains sur son dos, puis la renversa en arrière avec une violence pleine d'intelligence.

– Oh, Jack, comme j'avais envie…

Elle arracha son soutien-gorge, fit glisser son slip. Ensuite, pour leur compte à tous les deux, elle substitua à celle de la Caraïbe une houle personnelle qui leur procura des satisfactions.

– Jack, Jack, répétait-elle à une cadence d'extase.

En haut, des coups de marteau indiquaient chez Jimmy des préoccupations d'un autre ordre. Le moteur se comporta pendant quelques minutes comme un qui a chopé un sale rhume, puis recommença à tourner. La vedette avait repris depuis un instant sa course lorsque Monica poussa un cri sourd qui dura toute la longueur de son haleine et se répéta deux fois. Un silence suivit, que rompit une voix d'enfant. Une voix où il y avait de la timidité, de l'hésitation et même un peu d'effroi :

– Je crois que je t'aime, Jack.

Sur le pont, Jimmy avait abandonné la barre pour coller son œil à un trou ménagé dans le plafond du poste ; il retourna congestionné au pilotage, ruminant au sujet de Monica des pensées d'un caractère trouble.

Dans la cabine, Jackie s'était renversé sur le dos et fumait une cigarette cubaine au tabac noir et fort. Il semblait contempler avec attention un spectacle situé bien au-dessus du plafond. Debout, les seins un peu las, Monica remplissait de whisky deux grands verres cylindriques et souhaitait qu'il sortît de son silence. D'avoir parlé, elle était maintenant sûre de n'avoir pas confondu avec celle de son cœur la voix de son ventre. Elle espérait, elle avait aussi un peu peur. « Pourvu que je ne le dégoûte pas. Je n'aurais jamais dû lui dire ça comme ça. » Elle s'approcha de la couchette.

– Jackie.

Elle lui sourit en lui tendant son verre.

– Skål.

Il vida son verre d'un trait et le posa d'un geste que Monica trouva élégant. Malgré elle, elle lui redit :

– Je t'aime.

– Je sais, répondit Jack d'un ton tout à fait neutre.

Il jeta son mégot d'une chiquenaude.

– Et à quoi ça nous mène ?

– Je ne sais pas, Jackie, répondit Monica avec déférence.

– Moi non plus. Je déteste ça, c'est tout.

– Que je t'aime ?

– Non, de ne pas savoir.

Il se tut et alluma une nouvelle cigarette.

– Donne-moi un autre godet, Monique.

– J'aime quand tu dis mon nom en français.

Il lui lança un regard vide et froid qui lui donna à réfléchir : « Je suis stupide. Je suis en train de tout gâcher. Il a sûrement horreur de ça. » Le silence s'établissait. Le frôlement rythmé de la lame le long de la coque faisait office de bruit de fond. Monica soupira.

– Je te demande pardon, Jackie.

Elle sentait en elle que c'était foutu. Elle connut en un instant le désespoir le plus massif, stupide et glacial. Jackie gambergeait : « Je me faisais des tas d'idées, des projets de con. Rentrer en France fortune faite, épouser une oie blanche dont je me foutrais et qui me procurerait à bon compte la paix du cœur ; verveine et tapisserie, messe de midi et opinions conservatrices sur les terres du beau-dab, les culs-terreux auraient levé leur casquette pour me parler. J'aurais fini par croire que j'appartenais vraiment à la descendance de Saint-Simon, et si d'aventure quelque copain de ma jeunesse m'avait appelé en public *Crocs-de-Jonc* ou *Tueur*, personne de mon entourage n'aurait compris. Ils auraient tous cru que c'était de l'espagnol. Et voilà que la Monique s'amène, et que c'est fini. Elle baise si bien. Comment ne pas l'aimer. Et puis elle vous a une saveur et un poids... Autre chose que ces sales petites pucelles de merde. »

– T'as gagné, Monica, dit-il tout haut. T'es bien avec moi ? Je te garde.

Ces paroles firent à la fille l'effet de la création du monde. Elle devint pâle, se laissa tomber sur lui en criant sauvagement :

– Jackie !

– Tu sais ce qu'on va faire ? reprit Jack. On va se sortir de toute cette salade d'AREC de Nouvelle-Grenade de merde et de ce continent de mes deux ; on va rentrer chez nous, où on n'appelle pas « cavalier » les poulets en civil, où « parler » ne se dit pas « hâbler », où quand on bute même un connard, ça fait un bordel de tous les diables, et où on n'a pas besoin de prendre son revolver pour aller au marché. Gy ?

– Gy, Jackie.

– Mais en attendant qu'on y soit, ça sera juste comme avant, tu veux ? On n'en parlera plus jusqu'à Paris.

– Oui, Jackie.

– Et en débarquant on prendra une chambre au *Crillon*.

– Oh, Jacques.

Elle recommençait à haleter. Sans caresses, sans aucune fantaisie, avec un sérieux presque tragique, elle se frotta à lui de toute la longueur de sa peau, le happa, l'engloutit. Pour la première fois depuis qu'ils faisaient l'amour ensemble, le merveilleux voyage qu'ils entreprirent tous les deux dans les minutes qui suivirent ne se termina point par la solitude.

En rentrant, ils trouvèrent le chef de la police assis dans un des fauteuils du salon, en face de George qui faisait une sale tête.

À l'arrivée de Jimmy, de Jack et de Monica, ce fonctionnaire se leva avec un grand sourire :

– Cavalier, ami, madame, dit-il, je vous souhaite de très bons crépuscules.

☆

Le petit homme kaki était en excellents termes avec les Européens, et s'en faisait une fierté. Ce n'était pas qu'il ignorât le moins du monde en quoi consistaient les activités de ses prestigieux amis. Il n'en éprouvait point de gêne. Pourtant, ce soir-là, sa parole fut amère à entendre :

– Vous ne saviez sans doute pas que Kousko travaillait pour les Yankees ?

Jackie saisit la portée de la question avec une rapidité quasi photographique. En effet... en effet, Francisco, le délégué de l'AREC, en lui confiant la mission d'abattre le regretté Mangemerde, s'était bien gardé de l'éclairer sur ce point.

Le policier reprenait d'un ton serviable et patient :

– Ni que l'AREC est compromise avec le parti communiste ?

– On ne peut pas le prouver.

– On le sait, et ça suffit. Ça a suffi en tout cas pour que Washington exige de notre gouvernement qu'il sévisse avec la dernière rigueur.

– Mais on n'a rien contre nous.

– Vous croyez ça ?

Ce fut ainsi que les tramps de Puerto Muerto apprirent que Karévieff avait vendu l'organisation entière, et les avait inclus dans le prix.

Et voilà que tout ce qui s'offrait à eux comme espace disponible, c'étaient douze heures de tranquillité. La garantie que leur offrait leur visiteur officiel ne s'étendait pas au-delà. Passé sept heures du matin, il ne répondait plus des événements.

☆

Trop de tranquillité et on finit par s'endormir. Trop d'années pénardes passées en paix à faire votre petit boulot.

Et puis, cette affaire-là sent le roussi. Le roussi? Un incendie de forêt, vous voulez dire! Dans les révolutions où vous aviez travaillé jusqu'à présent, quand ça branlait dans le manche, il vous suffisait de passer chez l'ennemi héréditaire, qui était toujours le pays voisin, bien entendu.

– Les gars d'en face, c'est des vauriens. Ils vous veulent du mal. Méfiez-vous.

Avec un peu de chance, ça faisait une guerre où vous étiez colonel. Ce coup-ci, balpeau. L'AREC a fait le plein, ils sont contre. Tous. Impossible même de partir par mer: sûrs d'être arraisonnés. Quel que soit le pays qui vous mettra la main sur l'alpague, vous serez flingués sur les ordres et avec la bénédiction du marchand de bretelles de Washington. Si le gouvernement qui mettra un terme à votre course n'a pas envie d'oser lui-même, il vous livrera. Ce n'est pas votre consulat, les Franchouillards, ni même celui de George, qui l'ouvriront en votre faveur.

☆

– Le mieux, dit Jimmy, ce serait de faucher un zinc à l'aérodrome.

Jack haussa les épaules :

– Bonne idée. Tu sais piloter ? Moi non plus. Un sous-marin, ça aussi, ça ne serait pas mal. Seulement on n'en a pas. Ou encore une compagnie de Dafs avec des mitrailleuses, mais on est brouillés avec l'armée française. Un peu de sérieux. Courant d'air et faux papiers, voilà la solution. En clair, ça veut dire Guayaquil ; quinze jours à se cacher chez un copain ; et un passage pour Anvers.

Anvers, de Guayaquil, via San Isidro : bonne promenade. Pourtant...

Jimmy se tourmentait.

– Pourquoi Guayaquil ?

– Et où ? Même Panamá, ça ne vaut rien. Trop d'Amerlocks, trop organisé, trop civilisé. En suivant la route panaméricaine, celle de la cordillère – nous n'avons pas le choix, il n'y a que celle-là –, en suivant la seule route, qu'est-ce qu'on trouve ? Barranquilla, Medellín, Cali, Pasto, Ipiales en Colombie. La frontière équatorienne, Quito, Riobamba, Guayaquil. C'est le premier port possible. Puis le Pérou, gouvernement militaire, où l'APRA, qui est plus ou moins cousine germaine de l'AREC, est ennemi public n° 1. Pas bon.

– Et le Brésil.

– Y a pas de passage, même en Jeep ; même à âne ; même à pied. Il faut faire le tour par le Pérou, le Chili et l'Argentine. La junte militaire péruvienne, et le petit copain Perón. Tu connais la loi sur les étrangers en Argentine ? Faire viser le passeport au commissariat tous les quatre jours. Déclaration pour prendre le train, le bateau, l'avion, pour sortir de la ville à pied, à cheval ou en voiture, pour entrer aux chiottes, pour en sortir. Le tout à quatre, suspects d'attentats d'extrême gauche et de quelques crimes de droit commun, sans visas sur nos passeports bidon, à bord d'un camion volé, chargé de deux cents kilos d'or également volés...

– Quel or ? demanda George.

– T'avais bien besoin de lui dire ça, grogna Jimmy.

– Tu es dégueulasse. J'avais aussi bien besoin de te montrer le truc à toi. Voilà de quoi il s'agit, George.

Ça n'intéressait pas George.

– Je ne pars pas. Vous autres faites ce que vous voulez; moi je reste. J'ai ma maison ici, je m'y plais, je reste.

– Et tu meurs sous les décombres en chantant le *Rule Britannia*, après avoir hissé l'Union Jack ou le pavillon noir des pirates, tu as pas encore choisi? Amène tes os avec nous, Georgie, et la graisse avec. Tu es grotesque.

– Grotesque ou pas, je dirai plus, George ou pas, je mets les bouts, et fissa, déclara Jimmy en idéaliste sordide qu'il était.

Fort de son poids, l'Anglais résistait aux objurgations de Jack. Pour celui-ci, c'était un besoin: partir sans son copain était du domaine de la fable; mais c'était au même titre un besoin de fuir. En désespoir de cause, Crocs-de-Jonc fit donner Monica. Ce fut l'affaire d'une minute ou deux, que la femme à figure d'ange meubla d'œillades à en perdre l'âme ainsi que le désir de la sauver; à damner un saint, ou à le décider à marcher au martyre: question de tempérament.

– Bon. Je viendrai, concéda Whistway.

Il avait dit ça au futur, comme pour reléguer cette capitulation aux confins d'un horizon lointain. Aussitôt commença l'organisation du départ.

L'idée d'acheter un camion était saugrenue. Jack dut le reconnaître. Jimmy n'eut qu'à le faire remarquer: payé ou pas payé, le véhicule serait signalé à la police le lendemain matin, numéro, marque, et le reste. Ces gens du bled, plus mouchards les uns que les autres. Allez, allez, au diable l'avarice! Pas de demi-mesures! Le camion, ils le voleraient. Un dix tonnes. Il fallait un dix tonnes. Chargé à trois mille kilos, il resterait aussi rapide qu'à vide, et répondrait bien mieux. Le diable ce serait d'atteindre les trois mille kilos: deux cents kilos de jonc, trois cents pour les livres que George ne se décidait pas à abandonner, cent pour les bagages…

Ce fut alors que Monica jeta sa cigarette pour dire avec ingénuité :

– Pardon, j'ai six malles.

– Où ça ?

– À l'aérodrome.

– Eh bien, mon chou, à partir de demain, tu joues le voyageur sans bagages et c'est class.

– Et tu as mis George dans le coup du jonc ? Tu n'auras jamais assez de ta part pour remplacer tout ça.

Jack leva la main. Elle hésita, se mit à rire.

Il y avait dans le hangar aux bateaux une mitrailleuse de l'armée française que la rouille n'avait pas trop rongée, plus deux cents kilos de bandes de cartouches. Le tout ne faisait pas une tonne. Il faudrait prendre du lest. Parce que rouler sur ces pistes infectes avec un camion vide, c'est avoir les reins cassés au bout de cent kilomètres. En outre, on s'ensable plus facilement à vide que chargé. Un coup de cul dans un mur, en marche arrière et à plein régime, si le poids y est, le mur s'effondre et on passe. Ça rend des services. D'autre part, plus ils chargeraient d'essence, moins ils auraient d'ennuis. Des fûts de deux cents litres…

– Comme ça, si on nous tire dessus, et qu'on morfle une bastos en plein dedans, ça sera tout de suite fini, fit observer Jimmy d'un air râleur.

Le camion, ils le trouveraient chez Toré, à l'entreprise de transports : on leur avait livré quinze Mack tout neufs la semaine précédente. Le temps de traverser la ville…

– Ouvre le portail.

– Mais…

– Ouvre le portail, on te dit.

Le gardien tire les battants, la Jeep entre dans la cour, ses occupants sautent à terre, se barricadent à l'intérieur. Jim part chercher de l'outillage dans les ateliers, le plus d'outils possible. Le plus de pièces de rechange possible. À part la boîte, le pont, le bloc et le châssis, il leur faut de quoi remonter un autre camion. George commence à enlever des roues. Il leur en faut une douzaine de rechange. En s'attaquant aux trains jumelés de l'arrière, il gagne du temps. Quant à Jack, il est allé choisir la limousine. C'est à la fois facile et difficile, ils sont tous flambant neufs ces Mack, costauds sur leurs énormes roues. Pas un moteur sale, pas une tache d'huile, parfaits. À pile ou face ? À Am-stram-gram ? Il se décide au hasard, amène sa prise à côté de George.

Douze roues de secours à quatre-vingts kilos chacune, ça fait une tonne. Jimmy a rassemblé à peu près de quoi monter une usine de Mack à l'arrivée. De tout : lames de ressorts, bobines, bougies, câbles, tubulures, deux demi-arbres, un boîtier de direction, un disque complet, tout, tout et tout. Il y en a même, aucun d'eux ne sait à quoi ça sert. Et les caisses de boulons ! Et deux batteries ! Et une baladeuse ! Quatre crics, un pour chaque roue, en rab, des chaînes pour la boue, un câble de remorque, deux coffres à outils. Complet comme ça. Ils se reposent.

Ils grillèrent une pipe, filèrent une petite claque à la bouteille de whisky qui se trimbalait toujours dans la Jeep, et s'attelèrent au chargement.

– Merde, on n'est pas dockers, grognait Jimmy.

D'abord les fûts. Deux longues planches posées à terre constituaient une sorte de plan incliné où George et Jimmy les faisaient rouler pour les monter sur la plate-forme. En haut, Crocs-de-Jonc les recevait, les conduisait jusqu'au fond, juste derrière la cabine, et redressait enfin d'un coup de reins. Ensuite l'arrimage. Après ça, les roues de secours, l'outillage, une bâche, la boîte à graisse…

Le tout n'avait guère duré qu'une heure. Le gardien fut ficelé sur sa chaise avec du fil électrique, un peu d'étoupe dans la bouche, et tout le monde rentra chez soi ; Jack directement avec le Mack, George et Jimmy dans la Jeep. Eux devaient passer d'abord chez l'épicier pour les provisions de route.

Campée sur son trépied, la mitrailleuse avait un petit air anachronique qui n'était pas pour Saint-Simon sans pouvoir d'évocation. La grive... Ah, jeunesse ! Il avait même installé son artillerie légère au centre de la plate-forme, braquée vers l'arrière. Restait une grande place vide. Il s'en fut chercher un marteau et des clous, fixa deux grosses planches aux ridelles, verticalement, l'une en face de l'autre, dans l'axe du camion, qui dépassaient de près d'un mètre le toit de la cabine. Cloué là-dessus un long aviron de marine formait le faîte d'un toit sur lequel il n'y avait plus qu'à disposer la bâche en bonnet de police. Jack entassa ensuite des matelas le long des ridelles. Avec les roues de secours, et les caisses de cartouches, ça faisait un très joli petit rempart. La literie qui restait disponible dans la maison, il l'installa par terre. Il faudrait bien dormir de temps en temps.

La Jeep revint chargée de caisses : whisky, jambon en boîte, chocolat et biscuits. Le plancher était jonché de boîtes dépareillées. Il y avait du singe, des poissons de toute sorte à toutes les sauces, du lait condensé, du Nescafé, du sucre, du riz... Jusqu'à de la Blédine. George transborda le tout sur le Mack. Il ne restait plus à charger que les bagages des passagers, un fût à eau, et un explosif quelconque destiné à faire péter le pont suspendu de la route fédérale. De la cheddite, George en avait. Lui laissant le soin de fignoler, les deux Français s'en furent vaquer. Il s'agissait du précieux hangar de la Banque agricole.

☆

Ils étaient penchés sur la deuxième sentinelle qui traînait son évanouissement en longueur.

– Allez, on le ligote comme ça, trancha le Menteur, on ne va pas passer la nuit ici.

Il tissa autour du fantassin un réseau de fil de cuivre. Cette tâche achevée, il reprit la parole :

– T'as vu les tracteurs ? Tu sais ce qu'on fait, si on n'est pas des cons ? On en prend un et on s'en sert pour passer à travers le mur.

– En sonnant du clairon pour que la fête soit complète ?

– Il n'y a pas un chat dans le coin. Les rondes de douane sont finies pour deux heures, le poste est à trois kilomètres d'ici et ils ne viennent jamais jusque-là. La pétarade du tracteur, ça peut très bien être une vedette en mer. D'autant plus que t'as vu les tuyaux ? Ils ont un pot d'échappement. La chute du mur ? C'est jamais que des briques.

– Peut-être pas si fou, ton truc, si tu t'y connais en caterpillars ?

Vrai prestidigitateur, le Jimmy fourragea dans le moteur du tracteur, tira sur une corde, et ça partit du premier coup. Deux détonations effroyables.

– Merde, dit-il, ça s'entend. Amène-moi du fil de fer costaud et des pinces. Il y en a dans le coffre de la Jeep. Moi, je vais accrocher deux silencieux de mieux sur les autres.

Il emmancha les tuyaux bout à bout, ligaturés tant bien que mal, et les ajouta à celui de leur machine de guerre improvisée. Ça en faisait trois, montés en série. On aurait cru un dessin porno. Jimmy enroula de nouveau la corde à la poulie. Le moulin, ce coup-ci, tournait à un rythme sage et avec une sonorité bien adoucie. Le tracteur s'ébranla dans un grincement de chenilles. De près, ça faisait encore un vacarme insoutenable, mais pas mal burlesque. À quelque distance, ça devait imiter assez bien le teuf-teuf d'une vedette au ralenti. De plus, à cette époque de l'année, les alizés soufflaient dans la bonne direction, emportant le bruit à l'opposé du poste de douane.

Jimmy bloque une chenille, puis l'autre. En trois zigzags il prend place devant le mur. Son tank touche ce mur. Il s'arrête un instant, puis embraye à plein régime. Les chenilles gueulent à qui mieux mieux, des soubresauts secouent la machine et le bâtiment, le toit de tôle tremble avec un bruit épouvantable. Le régime du moteur baisse brusquement : le mur n'a pas cédé, si Jimmy n'avait pas débrayé, il calait. Trois fois il recommence. Son équipier sent la sueur lui couler froide. Tout tremble, y compris Jimmy, mais le mur tient bon. C'est le temps qui fout le camp. À chaque nouvel effort le moulin donne à faire rougir les pistons. Sur son siège l'autre se balance, comme pour ajouter son poids à celui de l'acier. Rien à faire. Et voilà le Menteur qui se met en colère :

– Et puis merde. Accroche ta calbombe juste au-dessus de l'endroit où je dois entrer.

Que fait-il à reculer comme ça ? Jack le regarde sans parvenir à y croire et, lorsque enfin il y croit, il bondit, rattrape l'engin en trois enjambées, grimpe sur le marchepied ; debout près de son copain, il hurle dans le vacarme :

– Tu vas te tuer.

– Gueule pas comme ça, crie Jimmy en réponse, tu vas te casser la voix. Et descends de là.

Jack saute. Il retourne vers le hangar, afin d'assister à l'arrivée, de saisir sur le vif le travail du bélier. À peine s'il prend quelques pas de recul, à cause des parpaings qui vont descendre en cascade.

Là-bas, Jim a embrayé sur la cinquième vitesse et fonce à près de trente à l'heure droit sur le mur. Le moulin hurle, la course des chenilles sur leurs billes crée un vacarme impossible, atroce. Jackie a honte de ses sordides pensées : qu'il se casse la tête c'est son affaire, mais d'ici à ce qu'il nous fasse poisser… Le voilà qui arrive sur l'obstacle. Seulement, comme au total il n'est pas fou, il bloque la manette des gaz sur le maximum, et saute. Ça c'est du fracas ! Le mur vole en éclats vers l'intérieur, les tôles du toit tombent en feuilles mortes et percutent dans un bruit de bombe atomique. Et ça dure… un archevêque aurait le temps de dire les vêpres. Là-dessus, un salmigondis de détonations de canon à tir rapide : les trois silencieux viennent d'être arrachés par une poutrelle d'acier. Jimmy se précipite à la poursuite de son caterpillar qui continue de courir à l'intérieur. Il n'arrive pas à le rattraper avant la paroi d'en face, qui s'écroule à son tour. Vacarme, oh, nom de Dieu !

Jack ne perd pas de temps. Il grimpe dans la Jeep, la fait entrer sous le hangar à la suite du tracteur et s'attelle au boulot ; un boulot plaisant, d'ailleurs : entasser des sacs d'or à une vitesse démesurée.

Jimmy a enfin mis le moteur à la masse. Pas trop tôt : son engin est en train d'escalader une montagne de boîtes de peinture qui craquent comme des pétards. Au moment où le triomphateur de cette espèce de Jéricho revient sur ses pas, un morceau de fer attardé lui tombe droit derrière les oreilles, six mètres de haut. Au bas mot dix kilos. Ça le met dans les pommes, et, selon toute apparence, pour un brave moment. Son équipier n'a rien entendu.

– Eh ! Menteur ! tu viens m'aider ?

Il hurle à voix contenue, on se demande par quel scrupule.

– Jimmy ! Jimmy ! Mais qu'est-ce qu'il fait donc ?

Avant d'aller voir, première chose : terminer le chargement. Par paquets de vingt kilos, ça allait vite heureusement. Il y en avait davantage qu'ils ne s'y attendaient : vingt-cinq sacs, cinq cents kilos. C'était le bon côté de la soirée.

Jack laissa son regard s'attarder tendrement sur le fruit de son labeur, l'espace d'un instant, puis s'avança sur les traces du caterpillar. Jimmy gisait à mi-chemin, la tête enveloppée de sang. Le chargeant sur ses épaules, son copain le porta à la Jeep. Jimmy grognait et l'autre cherchait à comprendre ce qu'il disait. Peut-être avait-il le délire sincère.

En effet :

– Jack, tu m'as sonné, disait le Menteur. Tu m'as sonné, file avec l'or, mais ne me bute pas, Jack.

Il se tut un moment, puis reprit d'une voix suppliante :

– Me tue pas, me tue pas.

Le salaud.

L'arrivée de la patrouille eut ceci de bon pour Jack qu'elle lui changea les idées, le détourna de ses griefs. Il entendait leur course le long des hangars, les cris, les ordres. C'était juste le moment de faire vite. Il appuya sur le démarreur et sortit à plein moulin du trou d'ombre.

– *Aquí, aquí*[1]...

Ils étaient une demi-douzaine, avec de sales petites carabines américaines, des garlands dont quelques balles sifflaient déjà aux oreilles du fuyard.

Six ! Ils en avaient donc laissé deux à la grille. Jackie arracha le volant vers la gauche, tourna sur place, se lança en direction de la mer. Encore un coup à gauche. Maintenant, il était séparé d'eux par l'épaisseur du hangar, ou du moins de ce qui en restait.

Il fonce sans phares, de confiance, la nuit est claire. Mais les bâtiments font une zone d'ombre où précisément il est en train de rouler. Le compteur marque soixante miles. Dans la nuit, en sales petits chiffres verts phosphorescents, se trace cette indication pas très rassurante. N'importe quoi de solide au milieu du quai et fini les aventures. Jackie était en train de se dire ça quand un choc léger accompagné d'un grand fra-

1. Ici, ici...

cas lui fit croire brutalement que ça y était. Non. Il ne s'agissait que d'un tas de cageots vides qui se dispersèrent. Ce fut alors qu'il revint dans la zone éclairée, au bon moment : dix mètres de nuit en plus, la Jeep et son équipage s'écrasaient sur un treuil.

Une salve des garlands perce la capote, étoile le pare-brise qui devient opaque sous les yeux du conducteur. Sans freiner ni ralentir, celui-ci ramasse de la main droite une clef anglaise sur le plancher et, d'un coup, volatilise la glace.

Il se rejette sur la gauche, gagne l'allée centrale, s'y engage à pleins gaz. Le différentiel hurle dans le virage, et, pour faire gueuler le pont d'une Jeep, il en faut ! Juste au moment où le volant revient entre ses doigts, la silhouette d'ombre d'un douanier jaillit sur la droite. Jackie n'a même pas le temps de tenter une embardée. Le garde-boue cueille le guignol au bas-ventre, adieu la vie, adieu l'amour, un de moins. Le soldat de bois est rejeté dans la nuit.

Il accélère encore. La grille est fermée. Un homme seul la garde. Évidemment, pense Jack, je viens de tuer l'autre. Il freine à la dernière seconde, et saute à terre en même temps, le pistolet à la hanche.

– Donne ton fusil. Ouvre-moi. Monte.

Un coup de boule sous le menton, en remontant ; le Français dépose ce colis sur le plancher de la voiture. Champignon écrasé au plancher, tous phares allumés, il repart vers l'entrée de la ville. Un peu avant s'amorce une espèce de mauvaise piste qui relie la route fédérale au chemin des dunes, et ramène vers la maison de George un vainqueur épanoui, un autre évanoui, de même que le vaincu.

Lorsque la voiture repasse à hauteur du port, les douaniers sont encore en train de tirailler par-ci par-là. Jackie a bien fait de tirer la grille en partant : ils le croient encore dans l'enceinte du port. Et même quand ils s'apercevront qu'elle n'est pas fermée, c'est vers la ville qu'ils chercheront.

Jimmy grimace et se plaint. Quand le douanier a recommencé à bouger, Jack l'a rendormi d'un coup de talon.

☆

Jimmy contemple ses amis avec étonnement. Il est resté silencieux près d'un quart d'heure. Puis il a eu un grand accès de sincérité qui l'a poussé en premier à demander un verre d'alcool.

George et l'autre avaient fini de charger le butin sur le camion. Il suffit de laisser Monica à la garde de la cargaison. L'or est déposé en sacs sur le plateau et simplement recouvert d'une toile. Aucune fouille n'est à redouter, puisqu'ils ne laisseront pas fouiller le camion, eux vivants. Les deux copains se sont assis près d'une table basse. Ils ont avalé un grand bol de café noir et fort. Quand Jack a reposé le sien, le Menteur s'est levé. Il titubait un peu. Évidemment, il avait pris une sacrée claque. Il s'approche et prend la main de son sauveur.

– Jack, je suis un salaud. J'ai mal pensé de toi.

Indiscutablement il est ému pour de bon. Il a énormément l'air d'un cocker, et celui qu'il met tant d'effusion à remercier en éprouve un dégoût léger.

– Menteur, c'est la deuxième fois de ta vie, à ma connaissance, que tu dis la vraie vérité, lui répond-il. Méfie-toi. Jamais deux sans trois.

Une heure et demie. Comme il arrive souvent au cours d'une nuit blanche, l'atmosphère est à l'émotion. Du regard, Georgie a fait le tour de la pièce.

– Donnez-moi encore un quart d'heure.

Les autres n'ont rien répondu, ce qui est à leur connaissance la manière la plus courtoise de consentir. Georgie est passé dans la pièce, puis dans sa chambre. Ils sont restés silencieux tout le temps de son absence.

Quand il revient, il tient à la main un cordon noir qu'il introduit dans une sorte de boîte à l'aspect très scientifique. Un cadran est fixé sur le couvercle. Il en tourne l'aiguille jusqu'au chiffre deux et s'écarte d'un air satisfait. Il se frotte les mains, il jubile. Il y a un peu de quoi : le premier policier qui entrera chez lui après son départ mettra le feu à deux minutes de cordon Bickford qui aboutissent à 90 kg de cheddite.

– Et le douanier que j'ai ramené de la banque ?

– Il est ficelé dans le placard, répond Jimmy.

– Vous n'avez rien oublié ? demande George. Je ne rouvre plus.

Il tire la porte derrière lui, ne donne qu'un tour de clef.

Une surprise les attendait au camion : si Ramón et Sinaïa, la jeune servante indienne, dormaient déjà sur la plate-forme, il n'y avait pas de Monica.

– Elle est sûrement pas loin, dit Jim qui a compté les sacs d'un coup d'œil après avoir vivement soulevé la toile.

Quand il eut soupesé les sacs, il devint carrément affirmatif :

– Mais bien sûr, elle est par là.

– Elle ne s'est pas endormie dans la taule…

– Impossible, j'ai revu toutes les pièces. Elle n'y est pas.

Jack s'aperçut qu'il le prenait très mal. C'était sa faute. Il était responsable d'elle. À chaque bouffée qu'il en tirait, le cigare que George fumait sans rien dire éclairait sa face blême qui pour un instant ressemblait davantage à la lune. La lueur baissait. L'ombre recouvrait de nouveau ce disque blanc. Toujours sur le plateau, Jimmy avait recommencé à soupeser les sacs, un par un cette fois. Il se sentait de plus en plus rassuré sur le compte de Monica.

Ce fut Jack qui eut le coup de génie :

– Tu sais où elle est ? À l'aérodrome.

– À l'aérodrome ? Qu'est-ce qu'elle serait allée faire là-bas ?

– Chercher ses malles. La bonne idée ! La fine combine !

Et pour peu que le gardien de nuit soit doué pour la chose elle rentrera demain soir. La conne !

– Eh bien nous, on l'attend pas, dit Jimmy. On se casse.

– Évidemment, répondit Jack à regret.

Le ton qu'il avait eu respirait l'ennui, mais non l'amertume.

– Bien sûr, cassez-vous, reprit-il.

– Comment : cassez-vous ? Et toi ?

– Moi je reste.

Il bénit l'obscurité qui lui permettait de rougir sans qu'on le vît. En même temps, il se sentait prêt à soutenir contre la pure évidence que tout désir de départ lui était désormais étranger. C'était en ami désintéressé qu'il les conseillait :

– Roulez au moins jusqu'à la nuit prochaine. Vous connaissez l'itinéraire ? Évitez Las Playas par la gauche et tout droit à partir de Caruano. Le morro de San Juan par la gauche aussi, et rattrapez la piste de Santa María, tout droit. C'est pas dur, toujours la gauche sauf à Caruano.

– T'es pas un peu con, Jackie ? cria le Menteur de dessous sa bâche. Tu viens avec nous et plus vite que ça. Pour une morue qui est toujours à droite ou à gauche en train de se faire sauter, t'as une santé, toi ! Tu parles d'un affranchi ! Sans compter qu'avec une souris, on est sûr d'être photographié à chaque étape. Elle est pas là, tout bénéfice.

– Il a raison, dit Georgie.

Restant très calme, Jack expliqua non sans hauteur :

– C'est à moi de décider. Je reste.

– Si Georgie t'attrape par une aile et moi par l'autre, tu décarres avec nous, même s'il faut t'assommer. Allez, tu y es, George ? fit Jimmy.

Il avait sauté à terre d'un mouvement décidé.

– Assez de salades, reprit-il. Dans dix minutes, faut être barrés.

Comment savoir s'il se trompait, ou s'il se fichait du résultat qu'obtiendraient ses objurgations ? En tout cas, ce n'était pas la manière. À peine avait-il avancé d'un pas que Jack sortait le revolver :

– Georgie, reste où tu es. Menteur, ça m'ennuierait vraiment, mais tu as ma parole d'homme que si tu fais l'imbécile, t'as droit au chargeur dans le gésier. Plein la gueule pour pas un rond.

La voix était celle que n'aimaient pas entendre les gens qui connaissaient, comme ces deux-là, le vrai surnom de Jacques le Tueur.

– Puisque tu veux rester, Jackie, je reste aussi, dit alors l'Anglais. Tu es tout à fait absurde, mais je reste. Jimmy partira seul.

– Ça alors ! Tu ne sais pas que si cette salope s'en va avec ce camion chargé de métal, on ne le reverra jamais ? Le paveton, la rue, l'hôpital, la mort ! On paume du même coup la vie, la fortune, et notre meilleur ami ! Pas vrai, Menteur ?

Un sourire silencieux, d'abord pâle, puis plus expressif, coloré pour finir, se dessina sur le visage maigre du Menteur.

– Sérieux, Georgie, file avec lui, insista Jack. Je vous rejoindrai dans la Jeep. Je vous aurai rattrapés avant l'embranchement de Las Playas.

– Sérieux ?

– Oui, filez, il est plus que temps.

– Et le pont ?

– Faites-le sauter plus que jamais. Je passerai en barque et je faucherai ou j'achèterai une voiture de l'autre côté.

– Toi, tu en tiens pour les acheter, les berlines. Allez, en route ! Il est un temps pour les adieux, un temps pour cavaler.

Le gros George monta à droite. Les ressorts de la banquette gémirent. Le Menteur s'installa au volant.

– *Good bye, old fellow*, dit George en tendant la main à celui qui restait et à qui ce geste fit l'effet d'un signal d'alarme. *Good bye, and good luck*, répéta l'Anglais.

– *Good luck to you.* Adieu, Menteur, conduis-toi bien. Toi et le camion.

L'autre appuyait déjà sur le démarreur, pas de temps à perdre, débrayait, passait la première. Le Mack commença à rouler. Les phares perçaient un trou dans la route fédérale qui s'ouvrait à cinquante mètres de là. Il vira doucement à gauche pour s'y engager.

Le moment où le feu rouge disparut marqua pour Saint-Simon un des creux les plus profonds de son existence. Heureusement ce fut court. Il se trouva presque aussitôt pris dans un faisceau de phares. C'était la Jeep qui rabattait grand train. Monica en descendit. Elle s'aperçut que le camion était parti et se jeta à plein poids contre son amant, prenant appui sur lui de toute la longueur de son corps.

– Oh, Jack ! Ils sont partis ! Jack, tu es foutu à cause de moi. Tu ne me pardonneras jamais !

– Qu'est-ce que tu préfères, une grande paire de baffes ou que je te file tes malles en bombe ?

Ainsi apprit-elle qu'elle était pardonnée. Ce fut presque un sourire qui s'amorça sur ses lèvres. Elle renifla à deux reprises et murmura d'une voix d'extase :

– Les baffes, Jackie…

– Voilà, voilà !

Malgré qu'elle n'y eût pas cru jusque-là, elle ne broncha pas aux deux revers de main qu'il lui envoya à toute force, à casser l'os de la tête.

– Maintenant, saute !

Il bondit au volant tandis qu'elle se nichait tant bien que mal au milieu de ses bagages. Le premier kilomètre parcouru, il se tourna vers elle :

– Alors ?

Elle hocha la tête, ne répondit point. Elle souriait visiblement à un souvenir heureux. Il se demandait si c'était l'amour, les gifles ou le plaisir qu'elle avait pris avec Dieu sait qui l'heure précédente. Mais comme elle avait encore mal aux joues, elle gardait en même temps l'air un peu triste. La colère de Jackie tomba devant tant d'ingénuité.

– Allez, embrasse-moi, ma vache !

Elle s'accrocha à son cou, se frotta un long moment. Et puis, naturellement, elle reprit aussitôt du poil de la bête :

– Ça ne fait rien, tu m'as quand même attendue.

C'était toute la morale qu'elle en tirait. Il est vrai qu'ils venaient de rattraper le Mack.

La route fédérale, c'était pour ces hommes des souvenirs du temps du dictateur Pérez. Le Vieux n'était pas tendre avec les tropical tramps de leur genre. Pour un oui ou pour un non, on les cueillait, allez, roulez, à la route. Jack y avait travaillé les fers aux pieds, ça faisait déjà quinze ans ; et sur sept kilomètres, dans cette même région, juste dans ce coin-là, précisément à la sortie de Puerto. Chaque virage lui rappelait la mort de quelqu'un, d'un compagnon de chaîne, d'un ami, ou même, le croirait-on ? d'un garde-chiourme.

Le coup de bambou, les fièvres, la dysenterie… Ils ne leur laissaient pas le temps de poser culotte. Il fallait continuer à travailler. La pelle et la pioche, la pelle, la pioche, le tout avec une régularité de tam-tam nègre. De temps en temps, un gardien tuait un homme. Plus rarement, un homme tuait un gaffe. Ce fut à cette époque que Jack acquit une fois pour toutes sur la vie et la mort, les siennes propres et celles d'autrui, des opinions inavouables.

Seulement, lui, il est vivant. Et toi tu es mort, et bien mort, Vicente Pérez, avec ta voix de zinc et ta gueule de pion à la René Benjamin. *Nación y Orden !* C'est lui qui a gagné. Du reste, il ne t'en veut pas. Les vainqueurs sont sans rancune. Et puis tu es quand même resté dans son souvenir l'homme qui disait « mon hacienda »… en parlant de la Nouvelle-Grenade. Il sait bien, cet aventurier, ce pirate, que tu étais un homme comme lui, ni plus ordonné ni plus patriote. Le seul tort que tu avais à ses yeux, c'était de ne le point savoir, toi. Tu ne le savais pas, ou, dans tous les cas, tu faisais comme si, et c'était bien imité.

Pour cet homme en fuite, Pérez, qui a bafoué l'armée de ton pays, pillé son trésor, ta route dévide ses lacets, des virages en épingle à cheveux. Mais est-ce davantage ta route que la sienne ? Elle est aussi bien votre ouvrage, à l'un comme à l'autre.

De Puerto, la route fédérale part à l'assaut des Andes qui viennent mourir là, le long du littoral. Les tramps la laisseront derrière eux pour foncer en avant sur le plateau intérieur, soit avant Valence, soit entre Valence et l'Encrucijada, au choix ; mais le plus tôt sera le mieux.

☆

Si les Néo-Grenadins ont voulu faire d'eux des hommes dangereux, ils ont gagné. Fini le « J'y vas-t'y, j'y vas-t'y pas ? ». Cette fuite du désespoir vers l'espoir, ça ne peut être que féroce. Et quelles ressources de détermination ça donne, de savoir qu'on y est pour sa peau.

Plus, pour Jack, la dame de ses pensées, la femme de sa vie du jour…

Il se mit à chanter au volant. Un élastique semblait retenir à la nuit les façades des maisons. Accotés l'un contre l'autre, flattés par la caresse constante du vent, ils traversèrent des pays endormis que les phares tiraient à eux et qui soudain retournaient à la nuit.

Avec l'altitude, la température qui baissait ramenait Saint-Simon à un autrefois tempéré : il n'avait pas toujours passé son temps de prisons défectueuses en courses dératées, de courses dératées en assassinats sur la route et d'assassinats en prisons, afin que la boucle fût bouclée. Il avait été le bon petit garçon, fils de son père, bien content quand on lui prêtait pour un soir la limousine familiale. Au mois de juin, juste avant les examens, au milieu de la nuit, il parlait alors de se saouler de grand air et de petite vitesse, sur les routes nationales de France et de Navarre.

Plus tard, il avait essayé et mis au point chez CMK les voiturettes de compétition, 600 kg, 6 000 tours, pas de différentiel, autre chose qu'une Jeep, nom de Dieu !

Plus tard, il a été… Mais qu'est-ce qu'il n'a pas été au fait ? Il a tout fait : gosse de riche, étudiant en médecine, candidat sérieux à des concours difficiles, tenancier de bordel, de cercle, bistrot, bookmaker, conseil juridique, avorteur, conseiller municipal, carambouilleur, faux curé, rien qu'en Europe ! Pour l'Amérique, n'en parlons pas. De tout ça mis bout à bout, ça va lui faire bientôt quarante ans, qu'est-ce qui restera ? Cette nuit, à part la fille qui dort toujours à côté de lui, le bilan paraît salement étriqué. La chanson le dit, elle n'a pas tort :

Les gentilshommes de fortune
Ne sont pas tous cons comme la lune,
Mais presque…

Ils sont arrivés au sommet de la montagne. Devant, le Mack s'arrête sur la place d'El Cambur. Descendu de la Jeep, Jack rejoint les autres.

– Qu'est-ce qu'on fait ?

– On va pisser, se jeter un café, griller une pipe et repartir.

Ils sont allés frapper à la porte d'un bistrot, la deuxième rue à gauche, à cent mètres de là. Toutes les fois que l'un d'eux vient par là, il s'y arrête, à cause du patron, un vieux nègre gentil comme tout, qui n'arrête pas de rire et de chanter, toujours se marrant, toujours chantant. Jack, en particulier, est bien copain avec les nègres. Tous les défauts qu'on leur reproche, là-bas, ce sont les Blancs qui les ont.

Bref, il se réveilla, ouvrit, mit le moteur en marche pour l'électricité, l'eau à bouillir, le café, et comment ça va ? et où allez-vous ? et vous êtes sur la route de bien bonne heure…

– T'as rien à bouffer ? lui demanda Jimmy.

– Si, des avocats, des mangues, des œufs, du lait, du fromage, de l'arepa.

– Eh bien, vas-y, vieux, pour trois, quatre… pour six au moins.

Quand ce fut prêt, ils firent porter son assiette à Georgie qui était resté pour garder le camion, et, du même coup, appeler au casse-graine les passagers de la plate-forme. Ils étaient endormis l'un près de l'autre, la tête sur les sacs. Monica s'éveilla toute seule, trouva seule le bistrot. Pour ces trucs-là, elle avait l'instinct. Elle ne disait pas qui l'avait dressée, mais elle en connaissait un bout sur les habitudes d'hommes perdus du genre de ceux-là. Jack l'avait souvent remarqué.

Ils en étaient au dessert. Entra un inconnu.

– Salut.

– Salut.

L'homme restait là, à regarder. Il ressortit sans un mot.

Jimmy et Jack se consultèrent.

– Tu le connais, ce mec ?

– Non, et toi ?

Fallait-il étendre le champ de leurs recherches ?

– Toi non plus, Monica ?

– Moi, je vais aller voir ce qu'il fait, dit Jimmy.

Il se leva. Sa démarche évoquait assez précisément le meurtre. Elle était souple, avec une espèce de bondissement contenu ; des tas de coups mortels agitaient de menus tressaillements ses épaules et ses mains. Il resta dehors un petit quart d'heure. Quand il revint, une balafre saignait à sa joue gauche. Il rapportait un très grand morceau de papier.

– Alors ?

– L'assurance payera. Seulement, regardez ça.

C'est une affiche format Coca-Cola à la typographie soignée. Pas plus d'une faute d'orthographe par ligne. Trois photographies. Ces visages étaient patibulaires. C'étaient George, rond et chauve ; Jimmy, en habit, à la sortie d'une boîte de nuit ; Jack, vu quinze ans plus tôt, maigre et le crâne tondu : souvenir d'anthropométrie sous Pérez l'Ancien.

Un texte concis accompagnait ces images : leur palmarès à chacun, plutôt flatté d'ailleurs ; tout ce qui n'avait jamais été expliqué de façon satisfaisante était inscrit là à leur compte, car on ne prête qu'aux riches et l'occasion était trop belle. En gros caractères un chiffre : *vingt mille pesos par tête*. Les choses se précipitaient mochement. Quand les autres sauraient le coup de l'or, ils élèveraient la prime.

Un calcul rapide l'indiquait : du moment que ces affiches étaient déjà placardées dans un coin aussi retiré, là-bas, à Puerto, ils n'avaient déjà plus de doute sur l'affaire de la banque. L'arrestation était de toute façon prévue pour le matin, à deux heures de là. Il était temps de repartir.

– Et au trot, appuya Jack. Nous ne serons tranquilles que de l'autre côté du pont. Ramón, Sinaïa, on se casse. Moi, je me mets au camion. Monica, tu vas prendre la Jeep. Tu ne peux servir à rien pour le pont, et on mettra tes malles dessus de l'autre côté. La Jeep ne peut pas suivre le train du Mack à la descente, tu arriveras juste pour le feu d'artifice. Allez ouste, prends le Ramón à côté de toi, si tu as besoin d'aide.

Elle le regardait d'un air méfiant.

– Voyons, ne sois pas idiote : si j'avais voulu te laisser tomber, je ne t'aurais pas attendue à Puerto.

La réponse de Monica fut, il faut le dire, émouvante :

– Ça ne fait rien, je serais plus tranquille si ma photo aussi était là-dessus.

Elle tapotait l'affiche du doigt.

☆

Tombeaux ouverts, pas le temps de les refermer, Scenic-Railway, Luna-Park et chapeaux de roues. Trompe-la-mort, c'est pas encore pour ce coup-ci, fends la bise, vas-y mon frère, tout le monde aviateur : il est certain que ce camion dévala la montagne à une allure record. Deux cent soixante-dix virages en trente-cinq kilomètres. À force de faire le métronome avec sa tête pour aborder chaque tournant de face, à force de tirer sur le volant, sur les vitesses, et de manier les pédales comme un joueur d'harmonium, entre le torticolis et les crampes dans les mains, Jack était moulu. Tout travaillait : les quatre membres, les épaules, les yeux, l'oreille même. Avec chaque fois la certitude que ce coup-ci ça a passé mais que le prochain on partira en vol plané… Ça ressemblait énormément à une audition de témoin par la PJ : mal au crâne et bleus partout.

Et, tout en jonglant avec ces cinq tonnes de ferraille et les trois ou quatre cents kilos de chair humaine qu'elles portaient, Jack se demandait, ainsi qu'il n'avait cessé de le faire depuis le début, si vraiment ils s'en sortiraient. Pourtant il avait bien le sentiment que, s'il y avait une justice, ils devraient, lui, Monica, George et l'Allemand Hans, et Antonio l'Espingouin, en fuite lui aussi pour l'histoire de l'AREC – tiens, pourquoi ne figuraient-ils pas sur l'affiche, eux aussi ? Ils étaient ce qu'ils étaient, tous. Des brutes, des tueurs, des *sin vergüenza*[1], à vendre ou bien, plus redoutables encore, à titre gratuit. Des salopes systématiques, non ; dans sa conscience, avec tout le passé qu'il porte sur ses épaules, chacun de ces hommes peut se targuer de n'avoir jamais encore rien fait de vraiment mal, qui soit grave du moins. Tout au plus des négligences. Ils ont leurs lois. Celles du milieu d'autrefois,

1. Sans vergogne.

par exemple. Ainsi Jackie. Des hommes qu'il a connus du temps qu'il travaillait à Marseille lui ont enseigné à vivre. Leur manière d'être lui a plu, il l'a adoptée, il est entré dans le jeu avec eux, devenu un des leurs.

De sa naissance, de son enfance, de sa jeunesse, il garde surtout un certain vocabulaire, et des habitudes de pensée. Mais il est véritablement entré dans la vie qui est la sienne et devenu honnêtement l'homme qu'il est : un truand. Un truand conforme aux définitions des images d'Épinal. Un peu ridicule ? De le savoir, il n'en ressent pas de gêne. Ça lui permet, chaque matin, quand il se rase, de pouvoir se regarder dans la glace sans éprouver aussitôt une vache envie de vomir.

Jimmy, lui, c'est différent. Il sort du même milieu. Mais, bon Dieu, il a changé.

☆

Quand Monica les rejoint, les autres ont déjà placé la cheddite et le bickford.

L'ennui, c'est qu'il y a trois maisons juste à côté du pont. On a beau ne pas avoir énormément de religion, il y a quelque chose d'un peu mesquin à faire sauter, pour sa propre sécurité, une vingtaine de pauvres diables en même temps qu'un pont, principalement lorsqu'on peut faire autrement. Sans compter qu'autant les gens de ce bled Nouvelle-Grenade sont imbuvables dans les villes, autant les purs croquants sont gentils. Le contraire de la France.

Ce fut Jack qui, revolver au poing, se dévoua. Le réveil fut plutôt du genre drôle. Les gars le regardaient d'un œil ahuri, l'appelant « señor ». Ils semblaient très bien comprendre que c'était par humanité qu'on les tirait du lit, du hamac plus exactement.

Son colt lui donnant l'air niais, il le remit dans sa poche, leur recommanda la plus grande diligence, et de fiche le camp le plus loin possible. À l'autre baraque, même chose. À la maison suivante, on lui offrait le café. Un comble !

Lorsqu'il ressortit, son petit exode privé était fin prêt. Des ombres sortaient de tous les coins, avec des ballots sur le dos, des meubles même. Une *chola* portait sa table sur la tête, une autre quatre chaises. Pas un de ces mecs ne s'était seulement dit qu'on lui filait sa maison en pulvérisation dans l'espace pour des raisons de commodité personnelle, et que c'était cavalier. On les avait disjoints du sort du pont, ils ne voyaient que ça. Tout compte fait Jackie ne se sentait pas fier, on a ses moments ; et puis des mecs aussi complètement dénués de vacherie, c'est démoralisant. Un gosse se mit à brailler, puis un autre et un autre. Ils se répondaient, comme des coqs au matin. Ça ne pouvait manquer d'attirer l'attention de George et de Jimmy. Furieux, le Menteur éprouva le besoin d'expliquer à haute voix ce qu'il pensait de tout ça. Il n'en finissait plus.

– … Et au total qu'est-ce que ça change ? trancha Jackie.

Évidemment, ça ne changeait rien. Le pont sauté signalerait de toute façon leur passage, et cinq kilomètres plus loin, ils allaient s'engager sur les pistes du llano : sable, herbe rase, vallonnements monotones, le vrai désert. Alors ?

☆

Le Menteur fait la tête.

Voilà un garçon, il a pris le mauvais tournant durant la crise des années 30, qui a ruiné sa famille comme tant d'autres. Il avait vingt-cinq ans à l'époque, sept de plus que Jackie, mais ça n'explique rien. Jim, lui, n'a pas changé d'univers, comme tant d'autres ; il s'est défroqué.

Un défroqué du travail, de la famille, de la patrie et du quartier Saint-Sulpice. Cette sentence que Monica lui avait balancée à la figure, il y a deux jours, c'était bien ça. L'or, qu'il ne voulait pas partager avec George. Le coup de la banque, quand il se voyait déjà tué par un associé à son image, peu soucieux de partager le bien mal acquis. L'assaut de sabre, ce n'était pas pareil. Avec cette chaleur, l'odeur de femme rend fou. Mais encore tout à l'heure ces Indiens innocents de naissance, ces bonshommes en pâte tendre, qu'il voulait dynamiter en même temps que le béton, et juste pour le plaisir ! Si c'était pour rester aussi abject que les honnêtes gens, il avait pas besoin de se donner la peine de changer de compartiment. Ça doit être les films de gangsters qui lui ont tourné la tête : Capone, Dillinger. Et allez donc ! On tue les copains, on les balance, on se met donneuse en titre, n'importe quoi ! Tout est bon.

Il est vrai que, si c'est Jimmy qu'on interviewe, il répondra que les caves sont conçus sur le modèle de Jackie. Ça, il en est sûr…

D'avoir cette idée-là, ça va lui jouer un mauvais tour un jour ou l'autre, et peut-être plus vite qu'il croit, le frère.

La môme Monica sort de la Jeep. Ramón fait une drôle de gueule. Une drôle de petite sale gueule haineuse et sournoise. Qu'est-ce qu'il a ? C'est pas possible, la Monica, elle a dû le toucher et pas le finir.

Il a aidé à passer les malles sur le camion. Il n'est vraiment pas solide. Il vacille, accroché à la poignée. Les naturels du pays se sont enfoncés dans la nature.

– Emmène le camion plus loin, crie George. On arrive.

Tandis que le Mack s'éloigne au pas et que Monica suit dans la Jeep, les deux casseurs de pont s'affairent à des détails.

☆

Une explosion très forte, surprenante, à laquelle on n'aurait pas pensé. Un fracas d'objets et de débris qui retombent indéfiniment.

– Attends-moi là, dit Jack à la fille. Je vais les chercher.

Dans un nuage de poussière que les phares ne perçaient pas, les silhouettes manquaient de réalité.

– On l'a cassé en deux, dit George. On était abrités par là, vers la droite. On vient d'aller voir. On lui en a filé un drôle de coup.

De fait, l'extrémité pend en plan incliné sur le gouffre. Ils s'en retournent vers le camion. George, Monica et Jack dans le Mack, Jimmy à la Jeep. Décidément, ils gardent cette brouette en rab, ça peut servir, sait-on jamais ! Si elle tombe en rideau, ils en seront quittes pour la laisser sur place.

Encore un arrêt pour couper quelques longues branches à un palmier, dans un bouquet, à cent mètres de la route. Cinq kilomètres civilisés sont vite avalés, les cinq derniers. Juste comme ils arrivent à l'entrée de la piste le jour se lève. Arrêt. Les tramps ont fait passer Ramón et Sinaïa dans la Jeep, à l'arrière, avec pour mission d'effacer les traces des roues, de balayer le sable. Tout au moins jusqu'à ce que la Jeep, que Jimmy mène au pas, soit hors de vue de la route fédérale. Moyen économique d'échapper à la sollicitude néo-grenadine. Tant que les poursuivants ne leur auront pas collé un avion aux fesses, ils pourront se l'accrocher pour retrouver leurs traces.

☆

Ayant dormi jusqu'à la nuit sur la plate-forme, Jack s'éveilla comme le Mack abordait la nouvelle piste de Santa María, passé Caruano. Au programme, on ne savait combien de désert et de llano à parcourir. Désert et llano. Des heures de jour, des heures de nuit, à rouler dans le sable gris, des levers, des couchers de soleil sur des herbes grises pour décor, des arbres nains, gris eux aussi. Grise la poussière qui jaillissait en trombes ridicules et tordues, en spirales insensées derrière les roues ; gris aussi le soleil qui tout le jour était tombé du ciel bleu avec une rigueur de métal.

Sous le maho, c'était la chaleur, soif et poussière, souffrir et suer. L'expérience ne manquait à aucun de ces hommes. Les veinards, c'étaient les Français, secs comme des cigares italiens, décharnés, desséchés, jusqu'à l'os. Sur eux, rien ne mordait. Ils connaissaient tous les trucs, les avaient éprouvés, ayant ce bled dans la peau. À mille kilomètres plus au sud, presque sous l'équateur, à Santa Elena, la capitale de l'or, quand les nègres n'ont plus la force d'accrocher les hamacs pour dormir, des hommes qui leur ressemblent que c'en est un défi à M. Bertillon continuent en plein midi de travailler au pic et à la barre à mine. S'ils ne s'enrichissent pas, c'est la faute aux cholas, à l'alcool ou au jeu, et non manque d'endurance : pour eux, les damnés sont des amateurs.

Ainsi donc, Jack ni Jimmy ne craignent rien. George, lui, va souffrir. Les gros prennent une claque sous des rayons de ce calibre. Il est vrai que, rembourré comme il est, les cahots de la piste, il ne les sentira pas. Ce qui fait une moyenne.

Mais la môme Monica ? Pour une femme, c'est pire que tout.

Surtout, le désert démoralise. Il y a des moments où, même à ceux qui pourtant ont vécu sur ces pistes de mort davantage que dans les clubs américains, ça coûte de se persuader qu'au bout du sable il finira par y avoir autre chose que du sable, et que Santiago, Rio de Janeiro, et même cette ordure de La Paz, c'est sur le même continent ; Paris sur la même planète ; qu'un jour, en suivant tout droit, on finira par en sortir.

Mais quelqu'un qui n'a jamais vu ça, et une femme...

Le camion roule, roule, grignote des kilomètres, sans cesser d'être le centre d'un horizon en soucoupe, dont les bords bien nets reculent devant lui, et derrière lui en le serrant toujours d'aussi près...

D'ici à Guayaquil, le chemin est sans surprise. Ses détours sont connus. Il passe tout près de La Paz, redescend vers l'Apure, remonte à l'ouest de Barquisimeto vers le Juanquito et Morales. Combien de centaines de kilomètres sans une vraie ville ? À peine des hameaux sans lien avec rien, où passe un camion par an, hors des pistes fréquentées, sans télégraphe, coupés, paumés comme des orteils de lépreux, et comme eux oubliés. Mais combien de centaines de kilomètres, aussi, sans risque ? Même les avions ne peuvent pas grand-chose contre eux, si ce n'est les mitrailler ; mais ils ont de quoi répondre. Sans risque les fugitifs feront courir leurs chasseurs. La seule mesure efficace serait de lancer des troupes à leur poursuite. Pas de danger que le gouvernement de Granada s'y amuse : il est tellement plus simple de les attendre à la sortie. Arrivés là, la partie se jouera donc au plus malin.

Peut-être que, de l'Apure, le mieux serait qu'ils joignent l'Orénoque, larguent le camion, poursuivent le voyage en bateau, par le río Meta et le Casiquiare. Ça leur permettrait d'atteindre l'Équateur sans traverser un seul endroit civilisé.

Officiel et tout, le triomphe de la belle ? Il était prématuré d'y compter, comme aussi bien de se faire des cheveux. Ils le sauraient en arrivant sur l'Apure. Avec les détours, près de deux mille kilomètres devant eux, combien de jours de route ?... Difficile à dire. On ne va pas vite sur les pistes en général ; et des fois... De toute façon, le danger était à plusieurs jours d'échéance. À peine sortaient-ils de la gueule du loup. Ça ne leur paraissait pas sérieux. Il leur fallait même un effort pour parvenir à y penser.

☆

À six heures juste, Jack reprit le volant du Mack. La nuit était tombée avec ponctualité. D'eux trois, il était seul à connaître assez les pistes pour rouler aux phares sans risquer de se perdre.

La mécanique tournait parfaitement. Au passage d'un *riachuelo*, ils s'arrêtèrent pour y remettre de l'eau. Il en manquait à peine. Et un demi-litre d'huile seulement.

Ils sont repartis, décidés à avaler la nuit d'une seule traite. Au bidon de café calé sur le siège à côté de lui, Jack tète à intervalles serrés. George est parti dormir derrière sur un matelas. Monica a conduit la Jeep toute la journée, elle tombe de sommeil, mais elle veut rester avec son mec, et Jimmy est descendu la relayer. Pour faire de la place sur la plate-forme, Ramón aussi est venu devant, dans la cabine.

☆

... C'est des trucs à ne pas faire quand on sait qu'après on dormira pas jusqu'au jour. Ce n'est pas tant pour la fatigue que pour l'horaire. Quand on est en plein feu, on a l'impression que ça dure des heures, et ça ne fait jamais que des minutes. Ce doit être une espèce de vantardise inconsciente, inexprimée. Quand ils se retrouvèrent tout calmes et assagis, il n'était jamais que huit heures et demie. Le plus ennuyeux, ce fut que Monica s'enroula sur elle-même dans son coin, calée contre la portière, un oreiller sous la tête et s'endormit sans désemparer. Ramón, seul, restait éveillé à côté du chauffeur. Déjà une femme qu'on n'aime pas, la supporter au lit, après, c'est quelque chose. On la trouve laide, on la vomit. Toutes ses imperfections vous sautent aux yeux. Alors, un schbeb ! Il a le béguin, en plus. Il coule à Jackie des regards en coin, lui décoche des sourires. Que faire ? L'autre lui a tendu la perche, il l'a hissé à bord ; tant pis pour lui, c'est pour ses pieds, au Jackie. Trop tard pour déposer sur le bord de la route ce délicat homoncule.

De la nuit, Jack n'a pas desserré les lèvres.

☆

Cette garce de nuit, elle se traîne aussi lentement qu'elle peut, elle ne fait pas grâce d'une minute aux chauffeurs fatigués : du sable, du sable, encore un petit chouye de sable ; et maintenant une longue étendue de sable. Parfois les phares encadrent une bande de *zamuros*, attablés autour d'une charogne, sur le bord de la piste. Ces espèces de corbeaux moitié vautours arrachent à grand-peine de leur festin des becs très « Art Déco » 1925 et la suite. Ils se bousculent un peu, regardent passer les hommes. Ils y mettent de l'insistance, à croire qu'ils relèvent les numéros. La Jeep n'est pas plutôt passée, cent mètres derrière le camion, qu'ils se remettent à manger du cadavre.

Du sable. Des monticules de sable que le camion avale, que le camion recrache derrière lui. De chaque côté les hautes murailles noires de l'ombre, qu'on peut imaginer comme on veut. Juste le moteur qui gronde et le poids du volant qui tire sur les bras. Jack surtout a les poignets cassés. Le Ramón fredonne cinq mesures d'une samba. La suite, il l'a oubliée. La fatigue retient Jack de le faire taire. Il souhaite tout bas qu'il crève. Monica, elle, rêve.

Le sable continue à s'engouffrer sous le capot. Cette nuit est salement trop longue. Il y a une chanson comme ça :

Oh la nuit est longue, longue, longue à traverser
Oh l'averse tombe, tombe, tombe sans cesser.

Sur un air démesuré comme celui de *It's a Long Way to Tipperary* ou de *Auld Lang Syne*. Seuls les Anglais savent en écrire de pareils.

Dans le rétroviseur du Mack les phares de la voiture qui le suit font que Jack se sent copain avec ses compagnons, en croisière à travers la nuit du même désert que lui.

Maintenant Ramón lui fout la paix, somnole, il glisse vers lui, qui le repousse sur Monica. L'exaltation des dernières heures de la nuit gagne le chauffeur. Il scande le même air en regardant le sable. Il siffle tout bas entre ses dents. Comme le moteur s'y accroche ! Comme il y répond, en prend le rythme. La nuit va se diluer dans le ciel pour devenir le jour. Le monde entier paraîtra à l'horizon, étalé comme un éventaire, offert aux roues du camion. Il semble à Jackie qu'avec ses copains ils sont les seuls fugitifs au monde ; que leur sort mérite l'envie de tous ceux qui, à travers le continent, dorment en ce moment ; qui, en Europe, sortent du lit pour s'en aller reprendre leur travail quotidien. Il lui semble…

Il te semble ?… Un coup de café, ça vaudra mieux.

À la montre du bord, il est trois heures et demie.

☆

Les phares de la Jeep clignent deux fois. Le klaxon lance des appels précipités. Jack s'arrête. Dans la cabine, Monica et Ramón continuent à ronfler. Un panache de vapeur sort du radiateur de la Jeep. Ça gargouille à gros bouillons.

– Qu'est-ce qui se passe ?

– Je ne sais pas. De toute façon, on ne va pas faire l'autopsie sur place, a répondu Jimmy.

– Oui. Je te prends en remorque. On verra ça au jour.

En marche arrière, le Mack est revenu assez près pour une longueur de remorque. Ils ont fait un nœud à chaque bout, puis allumé une tige qu'ils ont fumée debout, seul moyen de se reposer après être restés si longtemps assis. Georgie éveillé s'est joint à eux. Leur petit groupe arrêté entre les deux voitures participe de la majesté magique des choses qui arrivent la nuit. Quand ils repartent, il est presque cinq heures. Dans la cabine, les autres continuent de dormir.

Sous le tropique, le jour se lève d'un seul coup. À six heures moins cinq on roule aux phares, à six heures ils sont devenus inutiles. C'était en vue de Partamas, un hameau de quatre maisons. Voyant s'arrêter le convoi devant sa *posada*, le patron disparut vers les hangars où il rangeait ses fûts. Aidé d'un péon, il se mit en devoir d'emplir les deux réservoirs d'essence. Ainsi la réserve qu'ils avaient emportée de Puerto restait encore intacte.

Jimmy leva le capot de la Jeep. Bon mécanicien, ce type. Jack n'avait qu'à attendre le verdict.

– Elle est morte. J'ai dû passer sur une saloperie que je n'ai pas vue. Le radiateur est fendu dans le bas. Tu sais ce qu'on va faire ? On va pas se casser le tronc à la réparer, on va la fourguer au patron d'ici.

– Contre quoi ? On a tout ce qu'il nous faut, et le reste on n'a qu'à lui faucher.

– Du moment qu'on peut lui filer ça en échange, contre quoi, on verra bien. Ne serait-ce que le casse-graine et l'essence, c'est toujours ça.

Pour ce qui est de manger, ils mangèrent tout, plus le reste : conserves de poissons, poulet, crème renversée, légumes, fromage. Il y avait des provisions pour six mois dans cette masure. Le ravitailleur venait de passer et le taulier s'était mis dans les frais en prévision d'une compagnie anglaise qu'on attendait d'un jour à l'autre ; des prospecteurs, c'était.

Pour la Jeep, il lâcha deux caisses de whisky, des conserves de fruits en pagaille, les repas, l'essence, et il est sûr que Jimmy lui extorqua encore mille ou deux mille pesos, de la main à la main. Mais ça, pas de danger qu'il s'en vantât. Le Menteur aimait à travailler en suisse ; il arrivait à mentir même sans ouvrir la bouche.

☆

Par précaution – il était si facile de la réparer, cette berline, et de se précipiter à la ville pour dénoncer les vendeurs –, Jimmy, avant de partir, y sema deux ou trois pannes moins visibles, en vache, bien difficiles à découvrir.

Bourré d'aguardiente et de bonne nourriture, Jack s'endormit sur un matelas de la plate-forme. George au volant, le Mack reprit à travers le désert sa reptation de grosse chenille têtue.

☆

Une autre nuit dans le sable à se sentir seul et en bonne entente avec le moteur. Jimmy dort à côté de Jackie. Quand il ne dort pas, qu'il parle, c'est pareil pour l'autre, il ne l'écoute pas, ne lui répond pas : il roule. De toute la nuit, ils n'ont pas arrêté une fois.

☆

Le jour se lève. Jimmy pousse le coude de son compagnon.

– Écoute.

C'est autre chose qu'un vrombissement, une pétarade sèche qui remplit le cercle du désert autour d'eux. Jimmy ouvre la portière, se met debout sur le marchepied. Jack au volant ne voit pas sa tête qui dépasse le toit de la cabine, mais son corps qui tourne dans toutes les directions. Il rentre.

– C'est un Piper Cub. Il vient de Valence de la Nouvelle-Grenade.

Il reprend son poste sur le marchepied. Jack continue sans modifier sa vitesse. Le frelon gueule plus fort au-dessus d'eux.

– On dirait qu'il nous course.

Il a passé la tête à l'intérieur pour annoncer ça. Son visage n'apparaît qu'une seconde, pas même, mais il n'est pas joli à voir. C'est difficile à porter, la peur.

– Tu crois que c'est pour nous.

– Bien sûr. Un Piper Cub ici, et à cette heure, qu'est-ce qu'il ferait d'autre ?

Ça en fait, un bruit ! Des vibrations qui enflent, diminuent, enflent de nouveau. Un vacarme plein d'obstination et qui abrutit les victimes sur lesquelles il se déchaîne.

Jimmy est rentré dans la cabine.

– Il fait des cercles autour de nous. Arrête, on va voir.

En effet, dans un cas comme ça, on ne risque rien à s'arrêter. Une réaction tout à fait naturelle.

– J'avais pourtant bien dit qu'on repeindrait ce camion la première nuit, grogne Jack. Depuis, personne n'en a plus parlé. Naturellement.

Jimmy hausse les épaules.

– C'est ça. T'es le chef de bande martyr, débordé et pas secondé, trahi par l'incapacité de ses subordonnés. Pleure pas, ajoute-t-il. À la hauteur où il vole, la peinture, elle aurait pas servi à grand-chose.

De fait, il rase presque la bâche avec ses roues ridicules. À un mètre. Le pilote se penche à son hublot et regarde. Il repasse deux fois, trois fois, crie quelque chose que naturellement les autres ne comprennent pas, s'éloigne, revient encore. Il tourne dans un rayon assez court.

– On va le plomber à la Hotchkiss, ce jobard, dit Jimmy.

Jack le ramène au calme :

– C'est toi l'URSS et tu déclares la guerre aux USA ? Mais le jobard, c'est toi ! Tu n'as pas reconnu l'avion de la Gas ?

– Et alors ?

– Alors quand tu auras descendu à la mitrailleuse, en temps de paix, et à titre privé, un avion de commerce américain, tu peux me dire dans quel pays tu iras te réfugier ? Même les Russes, ils ne voudront pas de toi.

☆

Le fait est qu'il vaut mieux avoir affaire à un bataillon néo-grenadin sur pied de guerre que de tirer sur cet avion. C'est d'ailleurs tout ce qu'il peut faire : leur envoyer un bataillon. Parce que tirer, lui non plus il ne le fera pas. Ça y serait déjà. Et, du reste, ce n'est pas son affaire.

De fait, le Piper repasse encore deux fois au-dessus d'eux et s'en retourne sur Valence de la Nouvelle-Grenade.

Au volant, George a pris le relais de Jack. L'avion est revenu quatre fois pendant le sommeil de celui-ci, une fois depuis son réveil. Il les piste. Parviendront-ils à le semer la nuit prochaine ? Il faudrait une forêt, et ils n'en traverseront pas de sitôt. Ces pilotes de la Gas sont tous d'anciens as de guerre. La patrie reconnaissante leur a réservé une agréable petite sinécure. Entre les Piper Cub du service topographique et le DC 4 qui emmène chez eux, pour le congé annuel, les employés de la compagnie, ils ne se surmènent pas, les aviateurs de la Gas. Et leur salaire est le double de celui qu'ils se feraient à travailler comme des fous sur les lignes les plus ingrates. Seulement, ils ont fait assez de missions sur l'Allemagne et sur le Japon pour être capables de les repérer, même roulant sans les phares, par une de ces nuits sans nuages, comme il y en a ici.

La saison des pluies, c'est dans deux mois.

☆

Ça n'a d'ailleurs pas d'importance : il a repéré la direction qu'ils ont prise ; s'il les perd cette nuit, il les repiquera au jour.

Jack roula pendant douze heures comme s'il avait fait un beau rêve, qu'il l'eût su et eût craint de s'éveiller. Il n'osait pas croire au silence. La nuit, et feux éteints, le sable, c'est plein de sales embûches méchantes et dures. Ça ressemble à la neige quand au cours d'une randonnée sur les skis on traverse un nuage : on prend les bosses à contretemps ; on passe sa vie à se foutre la gueule par terre et à se ramasser. Il y avait des moments où la tête de Jack cognait le toit. Heureusement les ressorts étaient solides. Il avait les reins douloureux, il sentait les os jouer entre eux en craquant. Les autres, ils en bavaient autant. Mais il y en avait un de remarquable, c'était Georgie. L'homme qui n'a jamais rien dit, ou presque. Il était là. Présent. Rassurant. À part tuer, sur un coup de colère, il ne devait rien savoir faire. Monica conduisait mieux que lui. Elle prenait son tour, faisait six heures au volant, Jimmy les six autres. Jack, les nuits. Les vingt-quatre heures de ce roulement, George les occupait à dormir. Peut-être faisait-il aussi l'amour avec l'Indienne. Le couple idéal, ces deux-là : elle était aussi muette que lui.

Le désert commençait d'agir sur leurs nerfs. À un moment, Jack regarda Monica. Elle ne dormait pas, elle regardait à travers le pare-brise. Les pupilles creuses, les traits glacés. Elle sentit sur elle les yeux de son amant et se tourna vers lui, lui fit un sourire bon marché.

– Jusqu'à maintenant, ça allait. Cette nuit, je ne sais pas ce que j'ai. Oh, Jackie, je n'ai même plus envie de baiser…

Il jugea plus humain de lui faire boire un coup de whisky que de lui répondre. Elle s'endormit. Vers le matin, elle s'éveillait à demi à chaque cahot. Parfois, elle murmurait quelque chose que Jack ne comprenait pas. D'ailleurs il ne s'en souciait guère. Mais au bout d'un moment, les paroles de Monica devinrent plus nettes :

– Tu crois qu'on s'en sortira, Jack ? Tu crois ?

☆

Monica dormait, elle n'avait pas pu prendre son tour. C'était à Whistway que Jack avait repassé le volant. Depuis deux heures le chauffeur de nuit goûtait sur la plate-forme les plaisirs d'un repos cahotant, lorsqu'il fut réveillé par une série de secousses effrayantes. La mitrailleuse dansait sur la plate-forme. Elle avait cassé son arrimage. Un coin du trépied avait écrasé les doigts de Ramón, qui gueulait. Monica s'accrocha des deux bras à son homme. Elle le serrait, la tête dans les épaules et enfoncée sous la joue pas rasée. Le camion basculait de gauche à droite par à-coups violents. Il finit par s'arrêter.

George était sorti de la piste. Il avait dû se trouver embarqué par une roue avant, prise dans une ornière de sable durci. Le volant lui avait tordu le poignet, il n'avait pas réussi à redresser. Le Mack avait passé dans un trou, heurté de sa roue arrière un énorme bloc de rocher à moitié enterré, mais les roues avaient creusé, et le moyeu s'était trouvé bloqué net. Comme dégâts apparents il y avait un boudin éclaté, déchiré, perdu. Le poignet de George dont l'allure n'était pas belle. Et le ressort arrière, cassé.

Tout le monde en bas, et au travail ! Ils venaient de sortir tous les outils, ils les avaient étalés sur une toile dans le sable lorsque revint le Piper Cub. Il tourna autour d'eux et repartit vers Valence.

☆

Tout ça a mauvaise allure.

Mais le Piper Cub, c'est moins grave que vous ne le croyez. Le pilote est un Américain progressiste du nom de Randall. Il ne sait pas très bien s'il est partisan de Wallace, de Garry Davis, ou de Trotski, il ne faut pas trop en demander à cet intellectuel. Il aime à survoler le désert, c'est par hasard qu'il vous a découverts, et il voudrait bien éprouver pour vous de la sympathie. Si on lui démontrait – ce qui est vrai – que vous êtes le fascisme même, quel que soit le groupe politique pour lequel vous travaillez, il vous dénoncerait aussitôt. Mais il est peu probable qu'aucun Américain de la compagnie soit assez ingénieux pour baptiser ainsi ce culte de la force qui est votre manière de vivre. Pour eux, vous êtes plutôt du genre rouge, ami des nègres, etc., etc. De ce côté-là, il n'y a pas trop de danger immédiat.

Ce qui est plus inquiétant, c'est Monica. Quand une femme aussi pleine de vie en est à se demander «si on s'en sortira, si c'est la peine de continuer, si...», ça sent la mort.

Il n'y a que les femmes pour les pressentiments. L'odeur du malheur frappe leurs narines avant de toucher celles des hommes. Cela ne s'explique pas. Parce que, n'est-ce pas, Monica ne peut pas savoir qu'il y a, à Granada, un ministre de la Police qui veut vous avoir à tout prix, faute de quoi il sautera. On lui reproche violemment de ne pas t'avoir arrêté immédiatement ce jour où tu as tué Kousko, Jackie.

Elle ne peut pas savoir qu'on a lancé un bataillon d'infanterie sur vos talons, qui bat le désert depuis hier matin. Ce n'est point parce qu'ils ne gagnent pas de terrain, ou si peu, que vous disposez de beaucoup de temps à perdre en réparations.

Elle ne peut pas savoir que la moitié de l'armée néo-grenadine – ce n'est pas énorme, mais tout de même –, que la moitié de l'armée, sur l'ordre du ministre en question, patrouille à l'entrée des trois routes, des trois seules routes qui vous mènent quelque part à la sortie du plateau.

Il y en a des choses que Monica ne sait pas, que tu ne soupçonnes pas, d'autres, et qui te donneraient bien du tracas. Il sera toujours temps pour vous de les apprendre. Mais elle a peur. Pas spécialement pour elle, ni pour toi. Pour vous deux.

☆

Changer un ressort de camion ce n'est exactement rien à faire. C'est à la portée de n'importe qui. Il faut à peu près trois heures, et ça demande pas tant de gros bras qu'une certaine intelligence de l'acier. Comprendre les boulons, les lames, les brides. Se mettre à leur place.

Jimmy, sans aucun doute, était doué, très doué. C'était un plaisir de le voir faire. Vif, précis, rapide, avec des gestes élégants à force d'efficacité, et un air compétent qui était justifié. Jack lui donnait la main, faisant surtout attention à se défendre contre l'hostilité des clefs anglaises.

Le camion était debout sur trois roues. Sous le pont, là où l'étrier du ressort s'accroche au châssis, l'assise de la roue reposait sur un cric. Pour le poser, ce cric, quel travail. Dans le sable labouré par l'accident, qui s'effritait, il glissait, il partait à droite et à gauche sur ce pied trop étroit. L'appareil ne répondait au levier qu'en s'enfonçant. Le Mack ne s'élevait pas d'un pouce. Il avait fallu descendre une roue de secours pour servir de plancher. Cela faisait un équilibre précaire et peu rassurant. Jimmy dit en riant que c'était pareil à un gouvernement sud-américain. Mais il ne riait pas franchement.

Première chose bizarre, il enleva sa veste à l'intérieur de la cabine ; mais il posa son colt à portée de la main, au moment de se mettre au boulot. Évidemment, ça le gênait pour travailler, cette bosse au côté, et un garçon comme lui, par pur réflexe, sans intention, garde toujours ce genre d'engin près de soi. Jackie l'aurait-il vraiment remarqué que ça lui aurait sans doute paru sans importance. Toujours est-il qu'il ne le vit même pas.

☆

Ça s'est passé drôlement ; et à une vitesse vertigineuse. Comment ce garçon a pu se tromper à ce point-là sur le compte de Jack ? Celui-ci en est encore à se le demander.

Jimmy entame la conversation sans précautions superflues :

– Ça se présente mal, dit-il. Et d'abord, on est trop nombreux. C'est pas un camion, c'est l'arche de Noé.

– Tu veux parler des deux moujingues ?

– Pas seulement.

C'est donc là qu'il veut en venir. Il y a déjà longtemps que ça couve, entre lui et Jack. Maintenant, Jackie le Tueur, il est lancé, bien décidé à régler les comptes tout de suite.

– Comment veux-tu qu'on trouve un embarquement, à quatre, à Guayaquil ? reprend Jimmy.

Et après un silence il ajoute :

– Quand ça serait si facile de n'y arriver que nous deux…

– Tu veux me faire croire que tu ne me buterais pas un peu plus tard, moi aussi ? Dès que tu n'aurais plus besoin de moi ? T'inquiète pas, on va en parler avec George tout à l'heure.

– Bon, bon, ça va, j'ai rien dit.

Ça valait aussi pour l'avenir : il n'en a plus cassé une.

Le travail fut vite expédié. Ils étaient tombés en panne à huit heures ; à dix, le boulot délicat mené à bien par Jimmy, Jack en était à remettre les derniers boulons, couché sous le pont, la tête sous la roue qui reposait sur le cric. Il tirait sur la clef à chaque tour plus dur, encore un coup, encore un coup. Maintenant, les filets de vis geignaient à chaque effort, grinçaient, grinçaient encore. Des particules de terre sèche se détachaient, tombant sur le visage du Français, se mouillant à sa sueur. Il prenait appui des deux pieds dans le sable, cambré, en arc de cercle, et ho ! sur les bras, tire que je tire. Mal aux doigts, des jointures aux épaules.

À côté, sous le camion aussi, mais plus à l'extérieur, Jimmy faisait de son mieux à sa manière, c'est-à-dire d'une façon plus efficace et moins spectaculaire. Ramón passait les pièces, les outils, les clefs, au fur et à mesure des besoins.

☆

C'est Ramón qui a crié, sans que personne puisse expliquer pourquoi : Jim n'avait encore rien fait. Le gosse a hurlé en français. Juste au bon moment.

– Attention, Jackie !

Avec une vraie voix de tragédienne antique ! L'autre lâche sa clef, tourne les yeux. D'un grand coup d'épaule, Jimmy bouscule le cric. Ça grince un tout petit peu et l'échafaudage glisse.

Il y a comme un coup de canon, juste là où se trouvait une tête, quelques secondes avant. Le Mack s'effondre. Jack gicle à l'extérieur côté gauche et pas de temps à perdre, place au passage, à la base du menton de son ingénieux compatriote, un coup de pied à soulever un bœuf. Juste au moment où l'autre agrippait son revolver. Il s'est trouvé coincé par un sursaut du Mack qui rebondissait et qui lui a déchiqueté le bras droit un peu au-dessous du coude.

En une seconde, Jack revient sur lui, l'attrape par les cheveux, lui rabat la figure sur son genou, et vas-y que je te cogne, il lui écrase la gueule à coups de genou, les os craquent, Jack cogne et grogne. Plat comme une hostie, il sortira de là, le Menteur.

Il ne se débat pas. Peut-être qu'il est déjà mort. Peu importe. L'ouragan le saisit par les oreilles, les lui déchire, le cartilage se décolle, Jack lui frotte sur le sable son moignon de figure. Les autres hurlent, ça ne dérange rien du programme des fêtes, le Tueur est lancé à tuer et faire bien mal avant.

– T'en boufferas du sable, t'en boufferas, t'en crèveras. Salope…

D'un ressaut de chenille coupée en deux, Jimmy se retourne. Il a la figure comme un océan de boue, un désert de boue grise et rouge avec des bulles dedans.

Ce qui l'a sauvé, c'est que l'autre a eu besoin de souffler avant d'avoir fini. Il a lâché une minute ; et s'y remettre à froid, il n'a pas pu. Il a redressé d'une main ce qui restait du Menteur et l'a jeté sur le bord de la piste.

☆

Avec le Ramón qui lui prêtait la main, Jack termina le boulot.

Jim perdait du sang par la figure et par la blessure de son bras. Penchée sur lui, Monica le regardait avec sur les traits une vraie envie de vomir. De temps en temps, avec beaucoup de ferveur, elle lui envoyait un coup de pied derrière les oreilles ou sous les narines.

La logique indiquait de le laisser crever là à pourrir au soleil. Ils n'en eurent même pas l'idée. Sans doute les zamuros qui commençaient à tournoyer au-dessus de lui en portent-ils la responsabilité. Les corbeaux du désert ont l'instinct du cadavre ; ils le sentent à l'avance.

L'idée du Menteur becqueté à petits coups, déchiré, digéré par ces bêtes noires aux trous du cul proéminents et cylindriques, c'était insoutenable.

Ils installèrent Jimmy sur un matelas de la plate-forme avec consigne au Ramón et à l'Indienne de lui donner à boire toutes les deux heures, et à fumer quand il le demanderait. Jack se rendormit sur le matelas d'en face. Monica avait repris le volant, George à côté d'elle.

Ils sont repartis pour la ronde du désert, de la soif et du soleil qui brûle les yeux.

☆

Un camion américain, ça se conduit facilement, c'est une affaire entendue, mais sur ces pistes d'enfer, ce n'est quand même pas de l'ouvrage de dame. Le gros Georgie avec ses mains d'étrangleur, il s'y est quand même arraché les poignets. Et d'une ! Et la chaleur ? et les secousses dans tout le corps ? et l'angoisse ?

Pas seulement parce que tu as failli te faire tuer, imbécile, il y a une heure. Non ! c'est aussi cette lourde présence du désert qui vous serre la gorge, vous mouille le dedans des mains, vous circule dans le corps par grandes vagues.

Deux à conduire : Jimmy, n'en parlons plus, et George a le poignet foulé pour au moins une semaine. Les meilleures plaisanteries sont les plus courtes, vous ne pouvez pas y suffire. On ne miserait pas cent sous sur vous.

Le garçon du Piper Cub le sait. Cet Amerlock, il ne tient pas spécialement à vous nuire. Il nourrirait plutôt de la sympathie à votre égard, mais il hésite, et ça se comprend.

C'était hier.

Conseil de guerre, dans le bureau du grand boss, au camp de Mene Grande où est basé le Piper Cub, McPherson, le patron, athlétique, rouge et râleur, furieux d'avoir à perdre son temps dans une affaire qui n'intéresse pas directement le pétrole. Un conseiller détaché par Washington auprès du gouvernement néo-grenadin pour coordonner sur le continent américain la lutte anticommuniste. C'est un petit juif à moustaches, genre rat, précis, méticuleux. Du temps de Jésus il aurait été secrétaire particulier du prince des prêtres. Et lui, Randall, l'homme du jour :

– Mettez-vous en chasse, Randall, allez-y. Les Boliviens ne montrent aucune bonne volonté, aucun désir de coopération. Vous pouvez retrouver leur piste et, pour la cause de la liberté dans le monde, vous le devez, Randall. Je suis sûr que vous le ferez.

Randall s'est montré réticent au possible. Il a craché par terre à deux reprises, pensé à Wallace, à Trotski, à Salvador Dalí. Il a commencé une phrase qui exprimait sa grande réserve et, au total, s'est froidement récusé. Peut-être éprouve-t-il pour vous autres une sympathie presque confraternelle, Jackie. Il y a parfois un peu d'esprit d'aventure chez les aviateurs. Ce n'est pas impossible a priori.

Le grand boss a positivement refusé de donner l'ordre à Randall de marcher.

– *It's not his job*, dit-il. Ce n'est pas son boulot.

C'est son point de vue nettement exprimé. Qu'il le fasse s'il le veut mais cela le regarde. Ni le camp de Mene Grande ni la Gas n'ont rien à y voir.

Le FBI ne s'est pas tenu pour battu et a dressé sous les yeux de Randall abasourdi mais quand même un peu sceptique une liste de vos forfaits, à en faire frissonner un aumônier de bagne. Meurtres, viols, exactions, abus de pouvoir, vénalité, corruption, débauches, toutes les rubriques sont garnies. Quand on trouve, comme Randall, toute sa substance morale dans la lecture du *Reader's Digest* relevée d'une pointe de l'humanitarisme de gauche de New York et de Detroit, il y a de quoi réfléchir.

☆

Soit dit en passant, il ne fallait pas relever le Menteur. Mais lui coller une ou plusieurs balles dans la tête. Il avait compris certaines choses, pris ses risques, fait le nécessaire. Toi, Jackie, tu as triché par sensiblerie. Cela se paie, tout se paie.

… Quand même, ne vous découragez pas. Roulez, roulez dans le sable, et puis sur la route du pétrole, dans les montagnes russes du llano, jour et nuit si vous pouvez, les reins cassés par les secousses, les poignets tordus par le volant, trempés de sueur, les pores bouchés par la poussière et la crasse. Vos yeux se ferment, vous vous endormez en conduisant, vous rêvez votre chemin, et seul l'instinct de la route, le hasard et le dieu des tramps vous maintiennent sur la piste ; roulez.

☆

Les haltes sont devenues plus fréquentes, ils éprouvent plus souvent le besoin de descendre, de faire quelques pas sur ce sol ignoble où les roues fatiguent, où les pneus chauffent et qui, sous le pied, s'effrite, fond, s'en va en poudre, décevant, ingrat. De plus en plus le dedans de leurs bouches se fait crayeux, et les cigarettes allumées l'une sur l'autre ne l'irritent même plus. Whisky, café, cigarettes, café, cigarettes, café, whisky. La course de l'aiguille sur le cadran des montres se fait de plus en plus lente, et de plus en plus implacable celle du soleil d'un bord à l'autre de la plaine avec sa longue station au zénith d'un ciel où ils guettent l'avion.

☆

Jack dormait sur la plate-forme quand le brinquebalement de char à bancs fit place brusquement à un glissement sinon doux, du moins raisonnable. Le camion s'arrêta. Monica secouait de toutes ses forces son amant qui ne comprenait pas ses cris. Il réussit enfin à ouvrir ses yeux que la sueur et la crasse avaient collés, le sommeil rendus chassieux :

– Jackie, Jackie, mon chéri, réveille-toi. Les arbres, Jacques, les arbres !

Il se leva à grand-peine et sentit, à des douleurs légères éparses, qu'il avait eu la fièvre. Monica l'embrassait à grands coups ; elle soufflait comme un marsouin, n'en pouvait plus, à bout de ressources pour dire qu'elle était heureuse, heureuse, et que la guerre était finie. Jack vit enfin qu'elle pleurait. Deux rigoles de larmes claires traçaient une ligne boueuse le long de ses pommettes d'où la chair avait fondu.

Ramón, Sinaïa, à leur tour, s'éveillèrent. Les dormeurs un à un sortirent de sous la bâche, se hissèrent sur le toit de la cabine. La ligne d'horizon était barrée d'une sorte de falaise sombre, d'un beau vert végétal, un vert humide de forêt luxuriante. Ils sont donc arrivés. Enfin arrivés quelque part. Parce que le poteau, la fin de la course, ça se situe en réalité beaucoup plus loin vers l'ouest. Dans l'arrière-salle du *Bar de la Navigation*, rue du Pélican, à Anvers (Antwerpen), par exemple. Ou au *Jolliett's* du Havre ; en Europe en un mot ; là où des spécialistes de classe mondiale se feront un plaisir et un devoir de trouver à des gens comme ceux-là un état civil flambant neuf. En attendant, toutes les polices du monde, ou presque, sont à leurs trousses.

☆

Il n'y avait que Jimmy qui ne se manifestait pas. Étendu sur sa paillasse, les bras bandés, la gueule bouffie avec des bourrelets rouges et des déchirures par où on voyait le gris nacré de l'os. Il avait eu son compte, on pouvait le dire.

À vue de nez, il y en avait pour trois heures de route avant d'arriver aux arbres. Ça n'était pas le moment de s'énerver. Il fallait attendre la nuit.

Jack fit avancer le camion, au pas, afin de ne pas soulever une tempête de poussière, jusqu'au pied d'un monticule de sable ; pas une vraie dune, il n'y en a pas là, dans cette région, juste un creux et une bosse. La forêt, on ne la voyait plus ; peut-être que les autres ne les avaient pas encore repérés de là-haut ni d'en face.

Le casse-graine par lequel ils célébrèrent l'événement fut tout à fait soigné : boîte de langouste « fantaisie » disait l'étiquette, c'était du poulpe ; un demi-poulet par personne et des « Petit Puá à la Francesa » ; le prospectus qui les baptisait ainsi vantait en espagnol la gastronomie bourguignonne, et, Dieu sait pourquoi, la cathédrale de Reims ; des ananas au kirsch et des bananes fraîches, sauf pour Sinaïa qui, comme la plupart des Indiennes, restait persuadée que cela donnait la lèpre et les fit par prudence revenir à la poêle.

Le moche, pour qui n'aime pas le whisky en mangeant, c'était la boisson. L'eau du fût était rance et chaude que ça faisait plaisir, le Coca-Cola chaud aussi et mauvais comme un shampooing. Aussi burent-ils du scotch. Ça ne valait pas la vodka, mais quand même la vie avait du bon. De voir la fin des sables, ils en étaient tout frétillants, ressuscités.

☆

Les distractions ne leur manquèrent pas pour l'après-midi ; à commencer par les choses sérieuses. L'essence, les roues de secours, la vidange d'huile, un coup de graisseur par-ci par-là, deux ou trois boulons à resserrer : beau comme une voiture à vendre, il était, le Mack. Ramón aidait Jack ; George faisait la cour à Monica en lui récitant du Tennyson. Le jour où un Anglais échappera à ce travers…

Jack s'y prit à trois fois pour s'y décider, mais enfin remercia Ramón pour le coup de la veille. Le gosse était ce qu'il était, mais il n'aurait pas poussé le cri que, tout gros dur qu'il était, le Jack, il avait droit au voyage sans retour. Ça comptait, ça, non ?

Maintenant qu'il savait que le gamin parlait français, c'était plus facile. Donc, il le remercia. Puis, par désœuvrement, se mit à lui poser des questions :

– Les femmes, ça ne te dit donc rien ?

– C'est difficile à expliquer. Au début, il fallait bien vivre. J'avais fait la malle ! foutu le camp de chez mes vieux à quinze ans.

– Avec leurs petites éconocroques, comme de juste ?

– Ça n'a pas été bien loin. Un mois après l'arrivée...

– L'arrivée où ?

– À Panamá. Un mois après, j'étais malade, sans un, et ces vaches de nègres qui se vengent d'une existence de coups de pied au cul, trop contents d'avoir un petit Blanc à mépriser... Le premier, c'était un Français, un vieux des durs, qui était arrivé là-bas comme beaucoup d'autres.

– Mais nom de Dieu, pour un Blanc, elles auraient toutes marché, les cholas des bordels... un Blanc de ton âge, avec ta petite gueule, et puceau !

– Oui ! mais je ne suis pas tombé sur une chola, mais sur François.

– François ? Le Taffeur ?

– Tu le connais ?

– Oui.

– Je suis resté un an avec lui. C'est lui qui m'a appris le français. Nous, les Polonais, on est doués pour ça. Il était gentil. Et je créchais chez lui, j'avais à manger, et cent sous dans la poche pour les cigarettes. Je l'ai laissé tomber...

– C'est ça. Et t'es tombé sur un plus vache... Mais je comprends toujours pas, tu aimes ça ?... et les femmes ?

– Je ne sais pas, j'ai jamais essayé.

Jackie resta la bouche ouverte, la clef anglaise en l'air.

– Sans blague ?

Il reprit son souffle.

– Unique, reprit-il d'un ton pensif. J'ai vu des choses. Mais un môme de vingt ans qui traîne dans ces bleds depuis cinq ans et qui sait pas ce que c'est qu'une femme, j'aurais pas cru que ça existait. Alors t'es puceau question gonzesses, avec un tel goût pour le paddock ? J'aurais jamais cru ça.

– Eh bien ! tu vois !

– Et ça te plairait d'essayer ?

– Elles me font peur.

– Même la Sinaïa ?

– Elle ne voudra pas. Les Indiennes, tu sais, les types comme moi…

– Et Monica ?

– J'ai pas osé, à cause de toi.

– Hein ?

– Oui ! l'autre jour quand elle me cherchait, j'aurais bien voulu ; mais de ne pas savoir si ça te plairait, ça m'a fait peur.

– Ça alors ! Monica ! Eh… Monica !

Le gosse regardait d'un œil inquiet. Il y avait aussi de l'angoisse dans l'espèce de rictus qui lui tordait le bas de la lèvre.

Tout heureuse, elle était, la Monica ; elle ne se tenait plus. Elle l'emmena à l'écart, dégrafant des vêtements au hasard. Se coucha. L'attira.

Il la labourait dur, les yeux ouverts à guetter les siens, qui roulaient d'une tempe à l'autre. Le masque tragique se dessinait sur leurs traits, s'accentua tout d'un coup. Elle ouvrit la bouche, et cria.

– L'avion… l'avion.

Il arrivait bien, celui-là. Le ronron du zinc rythmait leurs élans.

L'avion a fait six tours. Il leur cassait à tous les oreilles. Il repartit, continuant droit devant lui, droit devant eux aussi, vers l'entrée de la piste de San Fernando ; ce qui donnait à penser qu'il y avait de la troupe par là.

Ils le virent décrire des cercles à l'horizon, au-dessous de la lisière. C'était la troupe qu'il cherchait. Il a dû la trouver tout de suite, ou presque. George qui le suivait aux jumelles prétendit qu'il avait vu tomber un paquet, sans doute un message. À cette distance, c'est peu croyable, George disait ça parce qu'il a des jumelles de la Navy. Il se vantait. Mais que le Piper Cub eût passé la consigne là-bas, aucun doute. Au retour, il exécuta sur la tête des fuyards un rase-mottes du genre menaçant et malintentionné, qui avait tout de la déclaration de guerre. Ils se demandèrent même s'il n'allait pas leur balancer une grenade au passage.

☆

Le spectacle de l'impudicité a fait pencher la balance : *Sélection* l'emporte sur Wallace dans cette petite cervelle d'Amerlock. Débordant de bonne volonté, gavé d'idéal démocratique et de fraternité humaine, il vous a en effet donnés aux carabiniers. Reprenez votre route, les aminches, la fête est finie. On vous attend.

Randall, lui, rentre allégrement vers le camp de Mene Grande. Il siffle une chanson de guerre. Arrivé au terrain il balance les ailes de droite à gauche, il roule dans le ciel à grands coups de manche à balai, en signe de joyeux avènement, comme les escadrilles de chasse qui rentraient victorieuses du ciel de France à celui d'Angleterre, il y a cinq ans.

Il est joyeux, le garçon ! On ne fait pas tous les jours la paix avec sa conscience de chrétien progressiste, son honneur de citoyen américain et le représentant du FBI. Il chante à tue-tête, et il continue à secouer le manche d'un bord sur l'autre. Au ras du sol, maintenant, pour se prouver à lui-même et surtout au FBI qui va être son grand copain après ce coup-là, pour prouver qu'il est aussi un pilote de première.

☆

Ils repartirent à la nuit, sans phares. Tout doucement, sur la pointe des pneus.

Par précaution, Jack roulait à l'écart de la piste, à cent ou deux cents mètres à droite ; le premier coup, ce fut un trou qu'il vit trop tard ; il donna un coup de frein qui les envoya, George et lui, s'aplatir le nez sur le pare-brise, comme des gosses derrière les carreaux le jeudi après-midi quand il pleut, mais en plus fort.

Ils descendirent pour voir s'il n'y avait rien de cassé. Derrière, Jimmy gueulait comme un âne, le trépied de la Hotchkiss s'était encore détaché et avait rebondi. Par un bonheur incroyable il lui avait cogné son bras blessé.

Le Menteur faisait un bruit du diable. Ce n'était vraiment pas le moment. Le camion arrêté c'était moche et dangereux. Rien ne prouvait qu'il n'y avait pas de soldats embusqués dans le noir, prêts à tirer au jugé.

– Monica, fais-le taire, s'il te plaît, ce fumier.

Il y eut un coup sourd, et un gémissement étouffé qui sortait de profond. Elle avait dû y mettre du cœur. On n'entendit plus le Menteur.

George et Jack procédèrent alors à la remise en place de la mitrailleuse. Dans la position où ils l'avaient placée au départ, le tireur était aussi protégé que possible par une espèce de rempart fait de matelas et des bouquins de l'Anglais. C'était là une installation réconfortante, mais mal conçue pour l'attaque, pour foncer en avant, ce qu'ils allaient bientôt avoir à entreprendre.

C'est pourquoi ils installèrent la Hotchkiss sur le haut du camion, les deux pieds de devant sur le toit de la cabine, celui d'arrière sur une traverse arrimée avec des cordes, à grand renfort de planches au travers des ridelles, avec l'affût fixé à toute épreuve. George prit le quart en haut. Ramón offrit avec empressement son concours pour faire le service des bandes de cartouches. On lui montra comment les présenter les unes après les autres, toujours dans le même sens, à l'entrée du couloir d'alimentation.

George accroché à la poignée d'une Hotchkiss, c'est une sécurité. Une grande sécurité. Une des rares choses qu'il sache faire cet homme-là, c'est tirer.

Depuis dix ans que Jackie le connaît, c'est toujours en vain que celui-ci a cherché à imaginer quelque chose dont Whistway pourrait avoir peur.

Question amitié, question virilité, le monde manque d'Anglais. Des hommes comme ça, c'est de l'or.

☆

Nouveau départ. Trois heures de piste, de jour; ils en mirent sept à cause des précautions. La deuxième alerte, ce fut, un quart d'heure avant le grand grabuge, un coup de fusil, et qui était bien pour eux, pas de doute: ils virent la lueur, ils entendirent la balle gicler sur leur gauche, légèrement devant eux. Ça y était. Ils étaient repérés. Jack continua de rouler. Cent mètres plus loin, il s'arrêta face à l'endroit d'où on avait tiré sur eux et coupa le moulin.

– George!

– Quoi?

– Je mets les phares et tu les arroses?

– Attends.

Ils avaient parlé à voix basse. Sur le moment, ça leur parut à eux-mêmes naïf; en réalité ce n'était pas un mal, à en juger par le bordel de bruit qui parvenait d'en face, le froissement des vêtements, les cliquetis des fusils, les murmures des voix presque intelligibles. À écouter cinq minutes, ils surent qu'il s'agissait d'un petit groupe. En direction, ils parvinrent à le situer à un mètre près ; George surtout qui avait l'oreille fine. En distance, ça ne devait pas dépasser cent mètres.

– Qu'est-ce qu'on fait, George ? On les liquide, on fout les phares et on prend la piste, ou quoi ?

Il y avait du pour et du contre. À filer sans tirer, on risquait de se faire salement plomber par-derrière. Mais en lâchant une bande, ils perdraient l'effet de surprise. Or le groupe d'après serait certainement bien plus nombreux. La décision fut presque tirée à pile ou face. Finalement, George trancha :

– Attends que j'aie commencé à tirer pour allumer les phares. À la demi-bande. Et tu fonces immédiatement sur la piste, pleins gaz, tous feux allumés.

L'attente du premier coup dura une minute au maximum, mais quelle minute ! Ils eurent le temps d'en penser des choses à la fois pendant ce temps-là ! La voix de la raison leur chantait aux oreilles que c'était la dernière minute de leur existence véritable, qu'à partir du moment où ils auraient, hors d'une période de guerre civile ou de révolution, ouvert le feu sur une troupe régulière, au service d'un gouvernement reconnu dans le monde entier, désormais ils n'auraient plus d'existence légale, dans aucun pays du monde, au-delà d'aucune frontière ; et Jacques, qu'il avait vraiment du goût pour Monica…

D'ailleurs, elle venait de lui saisir la main. À la première cartouche, elle serra fort, comme font les mourants au moment de passer. Le paisible bavardage de la mitrailleuse égrena sa sempiternelle syllabe. Rien de plus obstiné, de plus calme, de moins rageur que le débit d'une Hotchkiss. À la dixième cartouche, l'homme au volant appuya sur le démarreur, mit les phares en grand, fonça en avant. Devant, ça avait gueulé dur au début, mais quand ils arrivèrent sur la piste, il n'y avait qu'un seul corps étendu à terre. Le reste s'était évaporé.

Jack prit son virage le plus doucement possible pour ne pas risquer de semer George en route ; il entendit ses pieds racler le toit de la cabine. Sûrement son copain était en train de tourner la mitrailleuse vers l'arrière. En effet, il lâcha encore une demi-bande pour décourager l'adversaire, qui ne devait pas avoir besoin de ça. Personne ne répondit.

– Monica !

– Oui.

– Prends le volant. On s'arrête pas. Tu fonces droit devant, toujours la piste – sauf s'il y a un obstacle que tu es obligée de contourner. De toute façon, quitte à tourner en rond si on peut pas aller plus loin, tu ne t'arrêtes pas. Prends pas tes virages trop sec, ça glisse, là-haut.

– Jack ?

– Quoi ?

– Rien.

– T'es une bonne môme, Monica.

Il l'embrassa à la sauvette, elle prit l'accélérateur sous son pied et se glissa à la place qu'il venait de quitter pendant qu'il ouvrait la portière et, du marchepied, s'accrochait aux ridelles pour aller rejoindre George.

☆

– Le fait est, dit Jackie, qu'elle conduit vraiment vite, vraiment bien, Monica. On sent qu'elle le tient cramponné son guidon, et comment ! Pas une bavure dans la ligne de marche, pas une embardée !

Heureusement d'ailleurs. Parce que rien que les cahots ça fait une drôle de salade, là-haut. Les fesses énormes de M. Whistway martèlent la selle de l'affût sur un rythme de samba. Bibendum dans un shaker. D'ici à ce qu'il s'envole… Ramón est accoté à la ridelle, il a toutes les peines du monde à se tenir debout, Jack aussi. La seule bonne chose, c'est le vent. Presque frais, il caresse la figure, un vrai velours. Il s'engouffre dans les chemises qui claquent dur derrière eux, plaquées à leurs bréchets comme des collants d'acrobate.

– C'est bon ! dit Jackie. Le bon Dieu me lèche l'âme…

L'ennui, c'est de garder la bouche fermée, pour ne pas se sécher l'intérieur.

À part ça, rien de moins pittoresque. C'est pour rien que le gros a pivoté une nouvelle fois et braqué vers l'avant le long canon cylindrique. Où les autres se sont-ils terrés ? Quel Stalingrad, quel Hiroshima sont-ils en train de machiner au-delà des phares ?

Hier, les voyageurs ont branché directement un fort projecteur sur la dynamo. Ça fait autour d'eux un gros cercle de sunlight qui porte au bout du monde. Mais l'artifice ne dévoile que du désert bordé de nuit. Ils doivent être arrivés à moins de deux bornes de la forêt, maintenant. Monica mène dur le moulin. Le compteur ne marque sûrement pas moins de cent. Heureusement, ils disposent devant eux d'environ cinq cents mètres de visibilité totale.

☆

George et Jack les voient en même temps. Bien rangés en tirailleurs tout le long du fossé, ils sont vingt ou trente, verdâtres d'uniforme et de peau, les armes braquées sur la piste qui, à cet endroit précis, s'élargit en route. Tous du même côté, heureusement pour ceux du camion. L'officier qui les a placés là ne connaît rien de son métier. Il les aurait répartis à droite et à gauche, que les arrivants n'auraient pas pu les faire taire sans les arroser longuement. Ça aurait coûté trois fois plus de munitions ; et il suffisait d'un homme de sang-froid pour placer une balle qui les arrêtait net. Un camion de dix tonnes de face ou presque, comme cible, autant dire une vache dans un couloir.

George commence à tirer avant d'être tout à fait à bonne portée, histoire de les empêcher de prendre les devants. Il réussit, les voilà qui se terrent. Les plus avisés fuient à travers le sable, vers les arbres.

La machine de guerre aborde les trois cents derniers mètres. Le gros ne tire pas pour faire peur, il tire pour tuer, à en couper le souffle au spectateur, mais sans perdre le sien. Posément, méthodiquement, dans l'axe du fossé, à la vitesse où ils roulent, c'est vite fait. Il les plombe en chapelet, les balles criblent une ligne droite de cinquante centimètres en cinquante centimètres. On entend gueuler des blessés. Le camion surplombe la ligne des soldats. George continue à tirer. Les tramps sont passés. Ils les ont laissés derrière eux. Les Néo-Grenadins comptent dix tués au moins. Pas un n'a riposté.

Si ! sur le flanc du camion, cinq ou six garlands se déchaînent avec leurs pétarades sèches, hâtives, précipitées. Le temps de virer la Hotchkiss. Trop tard, ça y est, un claquement sur la tôle, une embardée terrible ! Monica ! Ah ! Monica !

Jack saute sur le marchepied. Monica passe la tête à la cabine.

– Ça va. J'ai eu peur, c'est tout.

Elle a une estafilade au front, un éclat de quelque chose, non, c'est du sang brûlé.

George tire encore, sûrement trop tard. Non, peut-être pas :

– *It got two more*, dit-il quand Jack remonte.

Il est parfaitement d'attaque, Georgie ! Maintenant que Jimmy n'est plus dans le jeu, avec Jack et Monica, ça fait trois hommes quand même.

Un qui n'a pas la bosse des combats, par exemple, c'est le Ramón. Il tremble de la tête, des mains, des pieds, du bréchet, du gésier. Il pue.

Jack a repris sa place à gauche de George. Derrière lui, couchés à ses pieds, Sinaïa et Jimmy dorment, chacun sur sa paillasse. Quand la Hotchkiss a donné de la voix, ils ont pourtant dû l'entendre. Penses-tu ! Sinaïa rêve à haute voix, en guajiro, avec des inflexions gutturales, dans un chantonnement contenu.

– Est-ce qu'on est bientôt arrivés ?

Les deux hommes échangent un regard ; George fait une moue réticente. Pourtant lui aussi est bien de cet avis : toi, Sinaïa, à la vérité, sûrement que tu es bientôt arrivée. Même, ils vont te virer du camion aussitôt qu'ils seront sortis de cette sale passe.

Oui, te virer, Sinaïa. Ça a l'air un peu vache comme ça, c'est le contraire. Parce qu'une Indienne comme toi, si elle n'est pas prise en compagnie de ces *bandidos*, qu'est-ce qu'elle risque ? Alors qu'au contraire, avec eux, c'est la mort, tirés au vol ou massacrés, ou c'est, de toute façon, l'abandon encore un peu plus loin de chez toi. Il est vrai qu'à l'heure qu'il est tu n'es plus à mille kilomètres près...

George a ramené la mitrailleuse vers l'avant et fume une cigarette, cramponné de l'autre main à la crosse de l'arme. Il a un peu l'air de regretter son Indienne ; et sans doute cela se comprend. Tant pis.

Le jour s'est levé d'un seul coup. La forêt est apparue en même temps, à cent mètres, verticale, sombre, peuplée de géants végétaux aux troncs qui n'en finissent plus. Droit devant, libre à perte de vue, s'ouvre la route de San Fernando. Là, pour la première fois depuis l'apparition du Piper Cub, ils crurent, oh, les fous, qu'ils avaient encore un avenir.

☆

Et, pourtant, leur avenir, il est d'une clarté aveuglante. Le monde est devenu trop petit. Permis aux chevreuils à pattes jaunes, aux culs-terreux à fonds renforcé qui ont fait deux fois dans leur vie le voyage de la capitale, permis de s'imaginer que Panamá et Shanghai, Santiago et Anvers sont séparés par plusieurs milliers de kilomètres d'océan. Il faudrait peut-être se rappeler tout de même que les guerres privées sont interdites depuis le Moyen Âge et que, plus que jamais, elles sont réprimées. De manière rigoureusement internationale, avec toute une chaîne de police et de télécommunications pour faciliter la besogne.

Oui, mes pauvres vieux ! Elle est toute tracée, votre carrière : tués sur la route, ou, au mieux, en arrivant. Ou alors, si véritablement vous vous révélez des bonshommes comme il n'y en a pas, et chanceux en plus, fugitifs à perpétuité. Comme il est arrivé à M. Hitler en 1945. Homme traqué sous toutes les latitudes, tous les déguisements, toutes les identités.

Seulement, le bel Adolf, lui, il avait des partisans et des moyens qui vous font encore défaut.

☆

Cette armée étonnera le monde.

Quand les tramps se sont expliqués cette nuit avec les patrouilles, ils ont grillé cinq bandes de vingt-cinq cartouches. À cinq cents mètres d'un bivouac de carabiniers.

Il y en a une demi-douzaine de réveillés, bien pesé. Rassemblés autour d'un maigre feu de bois où ils viennent de faire le café, ils le sirotent à petits coups, les deux mains autour de la tasse. Pour se réchauffer, sans doute ! La seule heure de la journée où la température est supportable, le lever du soleil, à eux, ça leur fait l'effet des frimas de décembre, l'abomination de la désolation et le reste.

George n'a pas tiré. Eux non plus. De part et d'autre on a crié «*Hola!*», le salut à la mode d'ici. Un a lâché sa tasse et a levé les bras au ciel; détresse ou reddition? On n'en sait rien. Les autres ont couru vers les hamacs. C'est tout.

Des hamacs, il y en avait bien une centaine, accrochés entre les arbres, avec toile de tente et moustiquaire posées dessus. L'armée néo-grenadine ronflait au bord de la route qu'elle était chargée de garder. Il faut dire que la garde, ici, il est admis que le griveton la prend assis sur une chaise. Les instructeurs issus de la Wehrmacht s'y sont cassé les dents.

Cent mètres plus loin, ils sont arrivés sur le parc des véhicules. Six camions, deux Jeep, rassemblés les uns contre les autres, entourés de douze piquets reliés par un cordon blanc d'un effet cocasse; et, à l'entrée, marquée d'un écriteau aux couleurs nationales: «LE PASSAGE EST FORMELLEMENT INTERDIT», deux sentinelles couchées par terre qui dorment à poings fermés, leurs fusils, baïonnettes au canon, allongés à côté d'elles.

Jack a cogné au toit de la cabine, Monica a freiné sec. Les gardes se sont réveillés. George, emporté par la vitesse acquise, avait déjà amorcé un vol plané vers le capot. Les deux hommes avaient levé les mains pour ainsi dire sans bouger, du sommeil encore plein les yeux et l'air mal rassuré:

– *Hola, muchachos!* leur a dit George en braquant la mitrailleuse sur eux.

Ils ont vaguement souri, sans conviction, par politesse.

Les agresseurs leur ont lâchement confisqué leurs petits fusils, des mausers de l'avant-dernière guerre, leurs machettes. Puis ils ont été confiés à la garde de Ramón, ficelés dos à dos avec leurs propres ceinturons.

Laissant le moulin tourner, Monica s'était assise au trépied de la Hotchkiss, braquée vers l'arrière, sait-on jamais? Jack engagea une bande, lui montra où il fallait appuyer:

– Toutes les cinq ou six cartouches, tu lâches, et tu ne recommences que s'ils relèvent la tête. Compris ?

Il s'en fut rejoindre George qui faisait un grand ravage méthodique dans le matériel du gouvernement. Un carnage de pneus, à coups de machette, pour commencer. Celles de l'armée sont vachement pointues, ça allait bien pour ce boulot-là. On pique et on déchire. En commençant par les camions. Sans pitié pour ce petit gouvernement, ils n'en laissèrent pas un seul intact : rechanges inclus. Et après ça, capots soulevés, les bougies ratatinées à grands coups de machette, toujours, les couvercles de delco fracassés à coups de poignée ; les câbles arrachés ; les bobines, ils les jetèrent sur la plate-forme du leur. C'était rapide. Pas encore assez.

– On est bien bêtes, dit George en avisant un jerrican.

Il l'ouvrit, en répandit le contenu sur les camions, à la hauteur des réservoirs d'essence. Jack fit comme lui. Ils versèrent une petite traînée vers l'extérieur, et revinrent au Mack. Monica reprit le volant. Elle avança un peu pendant que George reprenait sa place en haut. Jack gratta une allumette au bout de la traînée de gazoline, et sauta en voltige sur le Mack qui démarrait.

Comme une langue de fourmilier qui jaillit vers sa proie, une flamme claire lança son trait de feu sur les voitures. Il y eut un grand souffle, on aurait dit le bruit d'un avion, moteur coupé, et tout flamba. Un par un, au fur et à mesure que les incendiaires s'en allaient, les réservoirs sautaient. C'est à ce moment-là que Jack se rappela les deux grivetons. Ficelés comme ils les avaient laissés, ils étaient en train de griller.

Sans doute fit-il une drôle de tête à ce moment-là. George dit tout doucement en anglais :

– *Now you got to go and sleep, boy.* D'un ton très *Good bye, Mr Chips.*

En effet.

☆

Bien sûr, ce sommeil ne pouvait pas durer longtemps. Même si le poignet de George avait été complètement rétabli, il n'était pas question de le laisser conduire sur cette piste de glaise qui tenait davantage du blanc d'œuf que de la route nationale. Le gros n'était pas de force. Il conduisait trop mal. Et Monica non plus n'était pas inusable. Jack s'éveilla deux heures plus tard, et passa à la cabine par le marchepied pour aller prendre le relais. Endormi comme il l'était, il glissa en enjambant la ridelle et pour un peu s'en allait servir de calepied aux roues arrière. Il se démit à moitié le poignet gauche en se rattrapant, et resta une bonne minute suspendu, tout affairé à gigoter, les jambes dans le vide. Si le regard que lui lança Jimmy à ce moment-là avait eu la moindre efficacité surnaturelle, Jack serait tombé sous les roues et, de là, droit au septième sous-sol.

– Salope, grogna Jackie. Comme s'il n'aurait pas mieux valu que ça soit toi qui grilles, plutôt que ces deux pauvres types !

Ce fut aussi à ce moment-là que les angoisses de sa propre situation lui firent remarquer que George n'était plus sur son trépied.

« Pourvu qu'on l'ait pas perdu », pensa-t-il.

Il n'en était rien. À plein souffle, le gros ronflait sur la banquette, étalé près de Monica qui avait les yeux fixes et creux.

– Va-t'en à la dorme, lui dit Jack, c'est ton tour, et n'aie pas peur d'en écraser. Maintenant, c'est du sucre et du peu.

Pour qu'elle regagnât la plate-forme, il exigea qu'elle arrêtât le Mack. Encore moins qu'un homme elle était en état de se livrer à des acrobaties. Lorsque son amant ouvrit la portière, elle glissa dans ses bras, endormie sur place.

Jack fit aussi passer George à l'arrière. Sinaïa, Ramón,

ça ne comptait pas, et Jimmy se rétablissait. Allait arriver le moment où de le laisser seul avec quelqu'un dont il n'aurait pas peur redeviendrait dangereux. Les mines de décomposé qu'il arborait dès ce moment-là, c'était déjà de la postiche.

Monica allongée sur un matelas, le gros couché à côté, Ramón et Sinaïa passèrent à l'avant avec Jack. Depuis qu'il avait ravitaillé la Hotchkiss, le jeune Ramón tournait de plus en plus au vertueux boy-scout. Jack lui demanda s'il savait conduire :

– Pas bien ! répondit-il d'un air navré.

– Alors parle-moi, chante, fais ce que tu voudras, mais empêche-moi de m'endormir.

Deux cent soixante-dix kilomètres bien tassés qui restaient à parcourir d'ici à San Isidro, mais dans de bonnes conditions. La garnison de la ville, police comprise, ça devait bien faire vingt personnes, et pas spécialement combatives. De braves gens de l'intérieur, crédules et pas plus méchants que des perroquets verts. La seule route par où les carabiniers de ce matin pouvaient aller chercher du renfort, c'est celle sur laquelle roulaient les tramps, et l'émetteur radio avait grillé en même temps que les Jeep.

Heureusement pour les fugitifs, d'ailleurs : en cinq heures, ils abattirent soixante kilomètres, pas un de plus. À cause du terrain.

Ce n'était pas une rigolade, de conduire là-dessus. Jack cramponnait le volant à pleines mains, et pesait à peine sur les pédales. Il se faisait l'effet de mener une charrette à bœufs avec une cargaison d'œufs dessus. Et au moindre changement de régime du moulin, toute la masse du Mack se mettait à naviguer en longueur et en largeur, au gré d'une inquiétante fantaisie sur laquelle le conducteur n'avait aucun pouvoir.

À des moments, il se retrouvait complètement en biais, à l'amble, continuant de glisser dans le sens de la route. Et puis les roues commençaient à mordre, et Jack avait juste le temps de débobiner la direction à toute vitesse entre ses doigts, et de revenir en ligne. Il repartait. Heureux quand, dégoûtées, les roues ne se remettaient pas aussitôt à patiner.

Sans parler des bosses, et des endroits où la route était bombée. Si le Mack avait été chargé un peu en hauteur, ils auraient versé vingt fois pour une, à chaque virage. Jack suait vraiment de tout son cœur, ce coup-là. Et le coup d'après. Et encore, et encore.

Ramón ne chantait plus. Il y avait été de bon cœur au début, mais son patron l'avait fait taire. Ça demandait trop d'attention, un recueillement de trapèze volant ou de cassage de cailloux sur le ventre du fakir, quand il est en catalepsie et se pose de la nuque et des tendons d'Achille sur deux lames de rasoir. Gai, tout à fait gai.

– Enculé de Dieu !

D'ici le proche avenir, les occasions n'allaient pas manquer de jurer. Monica était vraiment écroulée de fatigue, et maintenant que l'état de la route se précisait il devenait tout à fait impossible pour Jack de se faire remplacer. Ni par elle ni par personne. Jimmy, seul, aurait pu ; s'il n'avait pas eu le bras en deux morceaux ; quitte à le tenir braqué tout ce temps-là. Oui, un Jimmy intact aurait pu s'en charger. Mais tel qu'il était, le Menteur, il n'en était pas question. Et cette route se mettait à faire les montagnes russes…

À partir de ce moment-là, l'entreprise vécut sur le miracle. Jack n'était maître de la direction ni à la montée ni à la descente. Ça dura vingt kilomètres avant la catastrophe.

Et là, le coup ne fut pas régulier. Au lieu qu'ils s'en aillent en bombe dans le bas-côté, comme ça leur pendait au bout du nez depuis le début des pentes, ça se passa autrement : tout d'un coup, le moteur éternua, il se racla la gorge, cracha, gratta, siffla, éternua encore ; puis s'arrêta, au fond du creux, entre deux pentes, comme de juste.

Sorti des questions de carburateur, Jack, il faut bien l'avouer, n'y connaît rien en mécanique. Il a levé le capot, s'est renversé sur les mains l'huile du filtre à air, a soufflé dans le tube du Zénith, l'essence a pissé de tous les bords, et, au démarreur, ça n'a rien donné. Pas l'ombre d'un souffle, rien.

Les autres dorment de confiance.

Aux grands maux, les grands remèdes : le seul qui soit capable de manipuler l'électricité avec l'ombre d'une chance de réussite, c'est Jimmy. Quand même ! Arrivé à l'âge de Jack, après avoir tripoté des moteurs toute sa vie, ne pas être capable de reconnaître une borne positive d'une négative ! Mais c'est ainsi. Il n'a pas le don.

Ça n'a pas été un petit boulot de le faire lever, le Menteur. Pourtant il s'était bien remis au cours des dernières quarante-huit heures. Mais il estimait sans doute que la guerre était déclarée, et que tout ce qu'il pourrait faire pour ou contre ses équipiers ne changerait pas grand-chose à son propre sort. En quoi il raisonnait comme une casserole : s'il était encore sur la plate-forme, c'est que les autres avaient bien évidemment renoncé à l'achever.

– Tu ne vois pas dans quel état je suis ? Je ne tiens pas debout. Il fallait pas m'arranger comme ça.

– Tu as du culot, mais ça ne m'épate pas. Lève-toi, et magne-toi. Je ne te demande pas de faire le boulot, je te demande de me guider. Sous ta direction, j'y arriverai facilement.

– Non !

Il abusait de la situation. Taper dessus, ça n'avancerait à rien. Il n'était pas homme à céder aux coups. Et, du reste, le camion, ce n'était que le début. Si, comme Jack en avait l'intention, ils devaient faucher un bateau pour s'échapper par l'Orénoque, c'est là qu'il leur faudrait un mécanicien et un bon. Ils étaient bien obligés de mettre un petit peu les pouces en face de l'autre charogne.

– Écoute, Jimmy : tu t'es conduit comme une ordure. Tu sais qu'en essayant ce que tu as essayé, c'est encore un miracle d'être resté vivant. Le jonc, tu peux te l'accrocher, tu n'en auras pas. Pas un gramme. Ça c'est le principe. Maintenant, comme j'ai besoin de toi, je suis disposé à y mettre du mien. Notre compte n'est pas réglé.

– Merde, qu'est-ce qu'il te faut, dit Jimmy.

– Non, notre compte n'est pas réglé. Mais si tu remets le camion en route, et si tu te charges de la mécanique à bord de la *lancha*, tout le long du parcours de la rivière que nous allons nous envoyer à partir de San Isidro, je ferai un geste : je te donnerai cinq kilos d'or à notre arrivée à Guayaquil, et vingt-quatre heures pour mettre les adjas. Après ça, garde-toi, je me garde, comme disent les Corses : si je te trouve je te bute. Mais avec une pareille quantité de jonc et vingt-quatre heures devant toi, tu as ta chance.

– Et sinon ?

– Sinon, je vais te filer une bastos dans le citron. Sur-le-champ.

Jimmy gardait le silence. Ayant attendu en vain, Jack reprit la parole, un peu énervé, ce coup-ci.

– Tu as exactement une minute pour te décider.

Il l'avait attrapé par les revers de sa chemise, soulevé, mou comme une chique, debout sur ses deux pieds, son visage pâteux juste en face du sien. Il le secouait, sa tête ballottait.

– Je vais essayer, dit enfin Jimmy.

Ramón donna la main pour le descendre et l'asseoir sur l'aile, juste à côté du moteur. Le capot soulevé, Jack était lui-même allongé à côté de lui, travaillant d'après ce que l'autre lui disait. Jimmy fit démonter la bobine, ouvrir le chapeau du delco, vérifier les câbles un par un au tournevis. Il devait déduire des tas de choses des étincelles qui sortaient ou ne sortaient pas. Il avait l'air de savoir très bien où il allait. Pourtant ça s'éternisait.

Il y avait déjà une heure que ça durait. Essayait-il donc de gagner du temps ? Pour en faire quoi exactement ? La colère saisit Jackie.

– Tu te magnes, dis ?

Sa bourrade souleva le Menteur, le fit glisser, tomber tout à plat sur son côté blessé. À terre, il se débattait à peine, gémissait. Dans quelle mesure jouait-il la comédie ? Était-il vraiment à bout de forces ? Bah, il y avait le juge de paix. Quand Jimmy vit le geste brusque qui ramenait en arrière la culasse du colt, il ne cilla point. Ce ne fut qu'en face du trou noir du canon qu'il desserra les dents. C'était pour autre chose qu'un conseil technique.

– Tu vas faire ça, Jackie ?

Ce coup-ci, il y croyait.

Il en avait les larmes aux yeux ; décomposé, un peu enfantin quand même, mais bien ignoble quand même.

– Mais je n'y arrive pas, moi...

Il pleurnichait.

– Qu'est-ce que j'en ai à foutre ? grogna Jack.

La loque garda le silence un instant, puis se décida à supplier :

– Remonte-moi là-dessus, Jack. Je vais encore essayer.

Ils repartirent pour une longue séance de travail.

Deux heures et demie à tripoter sans résultat des fils électriques. Ça prenait vraiment mauvaise tournure. Les autres allaient s'amener dans pas longtemps. Il était scandaleux de rater cette entreprise comme ça, si bêtement, après avoir passé probablement le plus dur. Ce fut à ce moment que George qui s'était écarté de quelques centaines de mètres en arrière du camion pour faire le guet revint en courant, dans la faible mesure où sa nature adipeuse le lui permettait.

– Une voiture.

Il monta à une vitesse de chimpanzé sur la plate-forme, s'assit au trépied ; il allait lâcher une première bande sur le véhicule qui apparaissait au tournant, lorsque Jackie l'arrêta : c'était une camionnette bleue et blanche de la Compagnie de prospection pétrolière.

En descendit un petit homme rondouillard, brun, joli garçon, sénile, avec le front bas et des yeux extrêmement noirs : Max, un ingénieur que les tramps connaissaient bien :

– Qu'est-ce que tu fais là, Jackie, vieux ? On dirait que c'est moi qui vais toucher la prime.

– Tu es au courant ?

– Un peu. Il est passé une note à votre sujet dans tous les camps de la compagnie. Moi, je suis en voyage de prospection à vingt kilomètres d'ici, et elle m'est parvenue avec le courrier hebdomadaire qui est arrivé hier par avion.

– Qu'est-ce qu'elle disait ?

– Défense de vous aider, c'est tout.

– Pas d'ordre pour nous signaler, tant qu'ils y étaient ?

– Non.

– Vous êtes nombreux ?

– Je suis seul ingénieur. J'ai avec moi une douzaine d'Indiens, comme péons.

Jack le mit au courant de ses difficultés techniques et pour la première fois de sa vie conçut quelque respect pour les diplômes. En dix minutes, l'autre découvrit le fusible responsable de tous les malheurs de la mécanique. Le temps de le changer et le moteur ronflait, de nouveau au mieux de sa forme.

– Ne t'en va pas, Max. Nous ne sommes pas encore sortis de là.

En effet, tant que le camion avait profité de la vitesse acquise, il n'avait couru aucun risque d'enlisement. Mais repartir sur un sol pareil, avec cette boue, gluante comme une béchamel, et en pente sur une route bombée par-dessus le marché, c'était loin d'être du sucre.

George, Monica, Ramón, l'Indienne, tout le monde s'y colla, à aller couper de-ci de-là des branches aux arbres de la forêt. De quoi faire une litière, qui s'enfoncerait à moitié dans le sol sous la pression des roues, mais glisserait moins le long des pneus que cette glaise.

Pendant ce temps-là, Jack bavardait avec Max.

– Et comment pensez-vous vous en sortir ? demandait celui-ci.

Ça arrangeait rudement son interlocuteur que ce fût Max qui prît l'initiative de la conversation, précisément sur ce sujet. Aussi Jackie fut-il franc :

– Je n'en sais rien. Mais alors ce qui s'appelle rien. Qu'est-ce qui se passe à San Isidro ?

– C'est bourré de troupes. Ils vous attendent en force ; tu sais comment ils sont, ils n'ont pas peur du ridicule ; ils ont amené une section de chars et trois canons anti-tanks.

– Rien que ça. Tout va bien.

– Tu l'as dit.

– Tu vois, mon idée, c'était de faucher un bateau aux environs immédiats de la ville et de filer avec, soit par le Casiquiare, à destination de l'Équateur, soit par le río Negro à destination de l'Amazone et du Brésil.

– Comment ça, l'Amazone ?

– Tu sais que par le río Negro, les cours supérieurs de

l'Amazone et de l'Orénoque communiquent. Autrefois, il y avait même un service de lanchas.

– Non, je ne savais pas. Mais de toute façon, il faut absolument que vous évitiez la ville, et qu'on ne s'aperçoive pas trop vite de la disparition du bateau sur lequel vous vous embarquerez.

Il était bien gentil de dire ça, le Max. À part la présence de la garde noire, à San Isidro, il n'apprenait rien à Jackie. Celui-ci voyait s'approcher le moment où il deviendrait nécessaire de poser carrément la question.

– Tu es au courant de l'histoire de la banque ?

– Oui, c'était aussi sur la note.

– J'ai à bord du Mack pas mal de kilos d'or. Pour te dire que je suis disposé à en placer quelques-uns dans l'achat d'une lancha – ou même d'un simple tuyau.

L'autre resta un moment sans parler ; mais ça n'avait pas l'air inquiétant. Il semblait plutôt réfléchir à la situation de ces hommes qu'il ne se défendait pas d'aimer bien. En tout cas, point choqué par la proposition qui était discrète. Lorsqu'il reprit la parole, il avait l'air assez joyeux :

– Écoute, il y a peut-être un truc, c'est le bateau de la compagnie. Il est amarré à cinq lieues au sud-ouest de la ville. Il y a à bord un seul gardien, un Bolivien. S'il part avec vous, je ne serai informé du vol que plusieurs semaines plus tard. Qu'est-ce que tu en dis ?

– Comment est-il, le bateau de la compagnie ?

– Huit mètres, un moteur de camion, tu peux y aller, ça ne vous laissera pas en rideau. Vous pouvez mettre huit ou dix tonnes dessus. Un mètre cinquante de tirant d'eau. Si vous évitez les bancs de sable au large de l'embouchure du Caura…

– Nous ne descendons pas jusque-là.

– Alors c'est encore mieux. Vous ne serez pas embêtés avec les *raudales* – les rapides du haut Orénoque – juste avant de rejoindre le Meta. Je vous conseille d'ailleurs de prendre par là, plutôt que par le río Negro. Par le Brésil, ça vous ferait trop de territoires civilisés à traverser. Vous vous feriez prendre.

– Où est-elle, cette lancha, exactement ?

– Au bout de la première piste qui part à gauche, dix kilomètres avant l'entrée de San Isidro. Vous ne risquez pas de vous tromper, elle ne mène que là.

– Merci, Max.

Les autres s'affairaient toujours à faire une espèce de piste ferme sous les roues du Mack. Jack est monté sur la plateforme, il a attrapé un sac d'or, il l'a porté au gars de la CPP qui n'en a pas voulu. Brave garçon. Il est reparti vers son camp.

Le destin semblait jouer au ping-pong avec les fugitifs, depuis quelques jours. C'était un peu agaçant.

☆

Ça n'a pas été du sucre de sortir du trou cette masse de cinq mille kilos. Ils auraient mieux fait sans doute de demander à Max de rester encore un petit peu avec eux, pour tirer de son côté avec le pick-up. Les roues enfonçaient les branches dans la boue, chassaient le train arrière tout entier, se jetaient hors de la route, à droite, là où était la pente. Deux fois, ils faillirent y renoncer. Qu'il n'y eût pas d'issue, ça les aida à persévérer. Jack avait tout essayé : le démarrage le plus doux comme le plus brutal, les marches arrière alternées avec la première démultipliée, un mètre en avant, reculer d'un mètre, recommencer. Rien. Simplement, inévitablement, le camion s'enfonçait chaque fois un petit peu plus. Il fallut le mettre sur cric, couper des blocs de bois à la machette pour boucher les trous, mettre les chaînes aux roues. Ce qu'il y avait de décourageant c'est que, quand ils gagnaient une longueur de camion, tout était à recommencer entièrement, exactement aussi dur que le coup d'avant.

Vingt-quatre heures de suite, ils manièrent de la boue, couchés dans la boue, marchant, nageant, mangeant, dormant dans la boue. Ils étaient tous de la même couleur, celle de la route, celle du camion, celle des blocs informes qui tournoyaient autour des moyeux et qui ne ressemblaient plus à rien, surtout pas à des roues. Mètre par mètre d'abord, puis cinq mètres par cinq mètres, dix par dix, vingt par vingt, ils grignotèrent la pente, et pour finir, au matin suivant, ils se retrouvèrent en haut de la montagne russe. Ils durent encore dormir trois heures avant de pouvoir repartir. Jack reprit le volant. Et pourtant il fallait bien continuer cette route de merde.

Heureusement, les gars du bataillon sur lequel ils avaient tiré ne semblaient pas s'être pressés pour leur courir après. Il est vrai que vouloir faire marcher des fantassins néo-grenadins, c'est un truc pour lequel les plus sanglants généraux de la Grande Guerre auraient donné leur langue au chat.

À l'entrée de la piste qui menait vers l'amarrage de la lancha que Max leur avait si gentiment offerte, il n'y avait heureusement pas de sentinelle à transformer en cadavre. Ils s'engagèrent sur une voie de communication, moitié patinoire, moitié piscine, et recommencèrent, surtout Jack qui conduisait, à regretter la route où ils avaient failli s'embourber à vie. On a coutume de représenter l'enfer comme un endroit où il y a des flammes. S'il y a un Dieu éternel, et qu'il veuille véritablement du mal à Jacques de Saint-Simon, il l'enverra passer l'Éternité dans un endroit où il y aura de la boue.

☆

À la tombée de la nuit, ils étaient arrivés à vingt kilomètres du but. Jack arrêta le Mack au début d'une descente et s'endormit sans avoir le temps de quitter le volant pour gagner un matelas de la plate-forme. Il dormit, dormit, et dormit encore.

Quand il s'éveilla, il était au milieu d'un chaos de jambes, de bras, de volants, de leviers de vitesses auquel il ne comprenait rien. Ce qui s'était passé était pourtant incroyablement simple : le Mack, entraîné par son propre poids, les quatre roues bloquées par les freins, avait glissé dans la boue. Glissé jusqu'au fossé. Arrivé là, il s'était renversé et gisait maintenant sur le côté, définitivement éliminé de la course.

☆

Ça y était. Plus question d'essayer de faire quoi que ce soit avec cet engin. Du coup ça les avait tous réveillés. Ils se mirent au pillage de l'épave. Cinq cents kilos de jonc, d'abord, à cinq, ça représentait au moins deux voyages de quarante kilomètres chacun. En faisant vite, et en allant au-delà de la limite de leurs forces, quarante-huit heures au moins.

La Hotchkiss avait été complètement écrasée, ratatinée, même le canon d'acier était tordu. Ils se trouvaient donc désormais sans armes pour résister à une attaque en force ; parce que, des colts et deux fusils, avec cinq cents cartouches en tout, mieux valait ne pas en parler.

☆

C'est alors que le cauchemar, le cauchemar gris aux formes, aux silhouettes, aux événements imprécis et mal perçus, aux allures fantasmagoriques, à la trame morne et sans importance véritable, c'est alors que le cauchemar a commencé.

Il y a un moment où la fatigue, le surhumain, l'impossible, ça ne compte plus, ça n'existe plus. Leurs deux voyages chacun, ils les ont faits. Glissant dans la terre mouillée, tombant, écrasés sous le poids de quarante ou cinquante kilos de fabuleux métal, disait l'autre hidalgo ; se relevant à grand-peine, sans avoir même le courage de s'aider les uns les autres. Quand Monica est tombée pour la première fois, Jack est passé à côté d'elle comme un automate, regardant devant lui la voûte sombre sous laquelle s'engageait la piste, ne la voyant même pas. Lorsqu'il eut compris qu'elle était restée par terre, il avait déjà fait deux cents mètres. Alors il a posé sa charge, il est revenu près d'elle, qui ne voulait pas se relever, pleurait sans cahots, sans sanglots, d'une manière continue, et répétait :

– Jack, oh Jack, tu m'as laissée par terre, tu m'as laissée…

Les moustiques s'acharnaient, les piquant à travers leurs chemises. Ils n'avaient pas de gants, leurs mains étaient en sang, couvertes de cloques qui suintaient. Ils ne sentaient plus guère les piqûres, ils ne sentaient à vrai dire presque plus rien, pas même la soif, pas même la faim ; même pas la fatigue ; juste une sacrée envie que ce soit fini.

☆

Dire qu'il y a des rêveurs casaniers qu'excite l'idée de la forêt vierge ! Vierge, elle l'était. Jusque sur la piste s'enchevêtraient les broussailles venues de chaque côté, du fond de la forêt, qui tissaient leur piège sous leurs jambes. Il est à peine croyable qu'aucun n'ait marché sur quelque saloperie. Ces bois abondent en *cascabeles*[1] dont la morsure, malgré tous les sérums, ne pardonne pas. Et les mygales, ces araignées noires, larges comme des soucoupes, aux pattes velues de la grosseur d'une cigarette, mortelles pour les Européens, mais dont les Jivaros font leur dessert…

1. Serpents à sonnettes.

Fatigue, chaleur, moustiques, et la fièvre. Autour d'eux, le paysage devenait improbable, impossible, rappelait la multiplication insensée des cellules cancéreuses. Où commençaient la terre, le ciel, la forêt, la piste, et leur propre corps, ils n'en savaient rien. Jack ramassa Monica plusieurs fois, la perdit, la retrouva sans surprise. Ils marchaient devant, elle et lui avec Ramón et Sinaïa. Ramón, au premier voyage, s'assit pour un moment ; il avait l'air absolument hors de course, il appela : personne ne pouvait rien faire pour lui, ils le laissèrent, pensant le reprendre au retour. George venait loin derrière, écrasé sous sa propre masse plutôt que sous son chargement. Il arriva au bateau deux heures après les autres. Il dit que le gosse dormait sur place quand il était passé près de lui. Quant au Jimmy, il se traînait, moitié à quatre pattes, moitié debout, il n'avait pas de matériel, d'arme, ni d'or à porter, mais il y avait gros à parier que les autres ne le verraient jamais à bord. Et celui qui aurait parié ça aurait perdu : le Menteur y arriva.

☆

Tu ne l'oublieras jamais, Jack, votre arrivée en vue de la lancha. Monica était appuyée sur ton épaule, presque couchée, marchant en dormant. Comment n'a-t-elle pas jeté sa charge en route, on ne sait pas. Tu étais toi-même à moitié vivant, roulant sur les genoux, tu ne voyais pas clair ; à vingt mètres devant toi, la forêt bougeait et tu ne comprenais pas pourquoi : c'était toi qui marchais. À un détour de la piste s'engageait un raidillon qui descendait à flanc de falaise. La pente était presque verticale. À cent mètres en dessous de vous, l'eau boueuse de l'Apure, dans une anse bien calme à moitié barrée par un banc de sable. À perte de vue de l'eau, à droite et à gauche. Et devant, encore de l'eau, au moins un kilomètre de large. Dans la crique, se balançant très lentement, un joli bateau du genre plaisance, à la fois renflé en son milieu et fin aux deux bouts, bleu et blanc comme les camions, avec, au sommet d'un mât de radio, le pavillon de la CPP...

☆

On peut dire que la falaise, ils la dégringolèrent, Monica, l'Indienne et Jack. Évidemment, ils se cassaient la gueule tous les vingt pas, roulaient plus bas, finissaient par se retrouver plus bas, sur le même sentier après avoir sauté trois ou quatre lacets. Ça ne faisait pas de mal, c'était une espèce de sable crayeux. Ils étaient comme des gosses qui jouent dans les sablières le jeudi après-midi dans les environs de Paris, contents, criant et courant.

L'idée, c'était de faire croire à l'Indien qui gardait la lancha qu'ils étaient des ingénieurs de la compagnie. Mais avec l'allure qu'ils avaient, ces gars-là ont beau être crédules... Jackie se contentait de lui filer une grande claque dans le dos en l'appelant *amigo*. L'autre n'en demandait pas plus, il était tout content de les voir arriver et, quand George eut rejoint, tout le monde repartit aussitôt pour le deuxième voyage.

La seule surprise qu'il y eut, ce fut de ne pas retrouver Ramón au bord du chemin. Jamais revu, celui-là. *Así es la vida.* Ils n'en étaient plus à ça près.

Aucun d'eux ne garda le souvenir du retour à la lancha avec la seconde charge d'or. Quand Jack s'éveilla, la barque flottait au milieu de l'Orénoque. Il crut comprendre que George avait négocié avec l'Indien une espèce de marché d'après lequel l'autre s'était engagé à les guider jusqu'au confluent, où ils prendraient le tournant dans l'Orénoque, quittant l'Apure pour remonter le fleuve vers les sources. Au-delà, il était bien évident qu'ils trouveraient toujours des guides, tant qu'il leur en faudrait, pour les mener, de courte distance en courte distance, jusqu'à leur destination finale.

☆

Les derniers jours paisibles et heureux de son existence, Jackie les a sans doute menés à bord de cette lancha. Ils naviguaient le jour, plutôt flottant au fil du courant que poussés par l'hélice. À bord, pour eux comme pour le moteur, il y avait absolument tout ce qui était nécessaire à l'existence. Les deux premiers jours, ils dormirent, allongés à l'ombre d'une espèce de dunette que les ingénieurs de la CPP avaient construite au milieu du pont. Couchés sur le dos, ils regardaient passer, loin de chaque côté, les berges désertes du fleuve. Ils avaient l'impression de commencer d'immenses, d'énormes vacances ; et aussi que ce voyage ne menait nulle part, n'avait jamais commencé et ne finirait pas davantage. Jimmy restait dans son coin ; l'Indienne faisait la cour au Bolivien qui pilotait. George fumait et ne disait rien, comme de coutume. Quant à Jack, il était amoureux de Monica, vraiment amoureux, sans fioritures, sans restrictions aussi.

Il croyait aussi que tout cela se terminerait bien. Il n'y avait aucune espèce de raison de croire qu'ils n'arriveraient pas en territoire équatorien, puisque plus ils allaient au fil de l'eau, plus ils s'enfonçaient dans cette sorte de no man's land touffu, épais, et sauvage, où même les avions ne pouvaient retrouver leur piste.

Au-delà en effet du confluent de l'Apure, les souverainetés bolivienne, puis colombienne, deviennent l'une comme l'autre entièrement théoriques. La forêt est peuplée d'Indiens absolument préservés de toute civilisation, et personne ne s'y aventure sans raison autrement sérieuse qu'une battue policière, par exemple. Ça se comprend, du reste.

Mais Jack ne sait pas que, lorsque le fleuve s'approche de l'Équateur, la chaleur devient absolument intenable, lourde, épaisse, marécageuse, grise. Il ignore que les moustiques ne viennent pas au milieu de son cours, tant qu'il est large de plus de mille cinq cents mètres, mais apparaissent à mesure que le lit se rétrécit et que l'eau devient de plus en plus sale, puante, empoisonnée ; on ne peut même pas la faire bouillir pour la boire, il faut la passer dans une étoffe, la filtrer, la désinfecter. Il ne sait pas non plus qu'ils vont entrer en plein dans la zone où la fièvre jaune règne à l'état endémique, alimentée à sa source même, puisque c'est la maladie d'une race de singes qui pullulent dans cette région-là.

☆

La première victime, ce fut George. Le gros se sentit malade vingt-quatre heures, mal fichu, la tête lourde, un peu frissonnant. Il y avait déjà une semaine à peu près – quel décompte établir qui fût bien exact ? – qu'ils avaient quitté la région de San Isidro ; trois jours qu'ils naviguaient dans les eaux du haut Orénoque. Ils pensèrent que l'Anglais ne supportait pas le climat, et qu'il suffirait de le soigner, de le dispenser de tout effort jusqu'à l'arrivée. La nuit suivante, six heures après le coucher du soleil, il appela :

– Jackie, je vais mourir ici. Je le sens. Tu es mon ami, voilà une lettre pour quelqu'un, en Angleterre. Je ne sais pas du tout où la faire parvenir, débrouille-toi, le nom est dessus.

Jack n'essaya même pas de le persuader que tout allait très bien. George était exactement le type de l'homme avec qui il ne fallait pas le faire. Il savait ce qu'il disait. Le Français mit la lettre dans sa poche, et s'appliqua à fermer sa gueule.

Il resta près de lui toute la nuit. Une lampe à acétylène les éclairait, et on avait tendu une moustiquaire autour d'eux.

Les traits du gros se tiraient de minute en minute. On aurait dit qu'il maigrissait. C'en était presque drôle.

Vers deux heures, il se détourna, vomit un long jet de liquide noir. *Vómito negro, fiebre amarilla*, ils savaient l'un comme l'autre de quoi il s'agissait. Jack, lui, ne risquait rien, il l'avait déjà eue, il était vacciné, d'un vaccin qui avait bien failli le faire crever, l'autre fois, à la Guyane hollandaise.

Ils savaient tous les deux ce que ça voulait dire, et avec George, ça ne traîna pas. La fièvre commença à monter, de minute en minute. Au lever du jour, le gros George était complètement jaune, flasque, vidé de toute sa substance. Il était redevenu jeune aussi, et dans son délire il gardait le regard vif et l'air malicieux. Il racontait des histoires de guerre en anglais, appelait des copains morts, et s'informait lui-même qu'ils étaient morts. Deux heures plus tard la fièvre tomba d'un seul coup, et il alla rejoindre la cohorte de ses amis.

Il fallut le jeter à l'eau sans tarder une seconde. Il suffisait d'un moustique qui l'aurait piqué pour filer la fièvre à tous les autres. L'Indien attrapa le cadavre par les pieds, Jackie par les bras, ils le traînèrent sur le pont. Même bien amaigri il faisait encore un drôle de poids. Ce fut tout un bordel pour le passer par-dessus la rambarde. Il fit un gros floc en tombant. Les pirayas et les carites s'y mirent tout de suite. Ceux du bateau virent sous l'eau scintiller les mille petites aiguilles d'argent des poissons mangeurs de chair. Ils convergeaient des quatre points cardinaux vers le cadavre de leur copain. Les carites vinrent derrière, plus lourds, moins pressés, non moins voraces. Un tourbillon de nageoires et d'écailles, puis l'eau devint un peu rouge, pas beaucoup. La lancha continuait à naviguer. Lorsqu'ils eurent perdu de vue l'endroit où ils l'avaient lancé par-dessus bord, George était déjà avalé.

☆

La fièvre jaune ne menaçait ni Jack, ni le pilote indien, ni Sinaïa, tous deux originaires de régions où elle sévit en permanence. Jimmy était vacciné, il ne rata pas l'occasion de le dire, cette salope, pour bien souligner que restait donc uniquement Monica. Jack passa quatre jours et quatre nuits à avoir peur, à guetter sur son visage l'approche du mal, à toucher son poignet toutes les heures pour mesurer son pouls, à avoir peur, à avoir peur. D'avoir vu un certain nombre de cadavres ne servait à rien. Il voulait qu'elle ne meure pas. Ça non plus ne servit à rien.

Le soir du quatrième jour, elle se mit à frissonner. Il aurait donné une main, une jambe, un bras et toute la tête pour que ce fût le palu. C'était bien la fièvre jaune.

Jack lui a menti pendant soixante-douze heures, il lui a fait des piqûres qui ne pouvaient servir à rien, il lui a fait boire des trucs qui la saoulaient et c'est tout. Le pire, c'est que plus elle était malade, plus elle avait l'air d'un enfant. Elle maigrissait, il n'y avait plus dans sa figure que ses yeux et sa bouche, et tout le reste s'abîmait, ses seins, ses mains fripées, plissées comme du linge tordu trop fort, même ses beaux cheveux se collaient, et elle pleurait sans arrêt, sans même savoir qu'elle allait mourir. Mais lui, il savait.

Comme pour George, ça s'est passé à l'aube. Elle a demandé :

– On prendra vraiment une chambre au *Crillon*, Jack ?

– Oui, Monica, dors. On est bientôt arrivés.

– C'est vrai ?

Une main qui serrait celle de l'homme s'est contractée deux fois et a lâché. Il a eu du mal à ne pas crier.

Il resta deux heures couché à côté d'elle. L'Indien n'osait pas le réveiller, ni Jimmy bien sûr. Finalement, Sinaïa se décida à lui toucher l'épaule :

– Viens, ne reste pas là.

Il aurait voulu la garder à bord longtemps. La chaleur ne l'a pas permis. Ce sont les deux Indiens qui l'ont jetée à l'eau. Il a bu une bouteille de whisky et il a dormi.

Quand il s'éveilla, il avait vraiment très envie de tuer Jimmy, histoire de le punir de ne pas être mort alors que Monica l'était. Ça n'était pas extrêmement logique, ça l'aurait été davantage de s'envoyer à lui-même une balle dans la tête. C'est une idée qu'il n'eut pas. Jack le Tueur n'était pas doué pour la mort.

☆

Cette navigation continua de la même façon. Jack ne s'apercevait de rien, il buvait et il dormait, il buvait, il dormait encore. Les deux Indiens trouvaient le courage de pêcher à la traîne et de faire l'amour entre-temps. À un moment, Jack s'éveilla, il était à moitié saoul, il les attrapa chacun d'une main, les secoua tête contre tête. S'il ne s'était pas rendormi, il les jetait à l'eau.

Du moins s'attendait-il à tout moment à ce qu'eux le lui fassent. Le Jimmy parlait parfaitement leur langage, il lui était facile de profiter de cet avantage pour se débarrasser de ce survivant malencontreux ; il ne partageait pas l'or et il n'avait pas, pendue au-dessus de sa tête, la menace que Jackie lui avait faite pour le lendemain de leur arrivée à Guayaquil. Mais, décidément, le Menteur manquait d'esprit d'organisation. Il ne le fit pas. Personne n'a jamais pu suggérer à cela une explication qui ne fût point déraisonnable.

☆

Il n'y avait absolument aucune raison pour Jack de dessaouler : toutes les fois qu'il récupérait un instant de lucidité, c'était pour se rappeler la morte. Ça lui foutait une soif impossible, insoutenable, soif d'oubli, soif d'alcool, il ne savait pas, ça se confondait. Ce qui le frappait le plus après la mort de sa femme, après toute cette souffrance, toute cette peine, cette chaleur, ces plaies infectées, cette colère inutile, c'est que tout avait perdu sa signification.

Riche, il l'était. Mais à quoi allait servir toute cette joncaille ? Il s'apercevait avec colère qu'il n'avait pas cessé, depuis le moment où le tracteur de Jimmy avait défoncé le mur de la banque, de rêver à ce retour en Europe. Or, à ce retour, à chacune de ces images, Monica était mêlée, avec son visage d'ange, son corps de femme, et son ardeur à faire l'amour. Débarquer à Anvers, acheter de faux passeports, rentrer incognito à Paris, qu'il avait quitté il y avait plus de quinze ans, errer sur les bords de la Seine, dîner chez *Lapérouse*, faire les boîtes des bouquinistes des quais, rouler à toute vitesse sur la route bleue au volant d'une petite voiture de compétition, dormir au soleil de Juan-les-Pins, pêcher la bouillabaisse dans les calanques de Cassis et la manger aux Martigues, sans elle, ça ne signifiait vraiment plus rien. Il se rappela plus tard, vaguement, d'avoir passé une journée à dire et répéter « rien » dans toutes les langues qu'il connaissait. Principalement en espagnol : *nada, nada, y nada.*

☆

Il avait besoin de se changer les idées, c'était certain ; il n'en eut l'occasion qu'au moment de débarquer sur le Casiquiare, à la frontière de l'Équateur et du Pérou. Là, aux portes d'un village indien, Maya Grande, l'odyssée s'est terminée. Ils rentraient dans la civilisation. À cent cinquante kilomètres de l'autre côté des Andes, Guayaquil, le but.

C'est à Maya Grande que Jimmy et lui abandonnèrent définitivement la lancha, les deux Indiens et les aventures de forêt tropicale. Ils cassèrent la graine abondamment dans la case du chef de tribu, et le lendemain un camion vint les chercher avec leur chargement à destination du port.

Jackie laissa un peu d'or aux Indiens.

☆

Le reste fut chargé sur la plate-forme, et Jack garda près de lui, en même temps que les sacs, son vieil ami Jimmy. L'Indien à son volant était absolument maître de leurs destinées à tous les deux. Il était régulier : vingt-quatre heures après il les déposait aux portes de Guayaquil.

Jack se fit mener chez José, un Corse, évadé de Cayenne et installé là depuis une vingtaine d'années. Il habitait une espèce de hangar, à proximité des quais de Portugal. Une haute porte de corral, une grande cour, une maison de ciment armé, grande comme quatre cabanes à lapins. Sur le pas de la porte, un homme maigre, desséché, tout blanc, vieux, qui fumait la pipe d'un air consterné : José.

– Et te voilà, Jackie. Quand j'ai lu les journaux, je me suis dit que j'allais probablement te voir rabattre ici.

– Tu ne te trompais pas. Tu as plus de chances de recevoir la visite de mecs comme moi que de l'archevêque de Quito.

– Et le Menteur ?…

– Celui-là, lui serre pas la main, y touche pas, je le paie et il se casse.

Le Jimmy était complètement remis de ses émotions du

voyage et de la correction. Sa figure était cicatrisée, son bras aussi. Un honnête homme y aurait pourri, lui pas. Jack fit décharger l'or et l'installa en lieu sûr, dans la chambre que José lui avait donnée, qui était munie d'une porte lourde, épaisse, avec une serrure du même genre, et des barreaux aux fenêtres. D'un sac, il versa cinq kilos de poudre sur le plateau d'une balance, un petit tas brillant, scintillant, flambant. Petit volume, mais qui représentait quand même cinq mille dollars, probablement une fortune en Europe. Il ramassa tout ça dans un sac de papier et passa à la salle commune où le Jimmy attendait, taciturne et pas fier.

À l'entrée de son ancien ami, et c'était plus fort que lui, il tendit la main. L'autre le regarda bien en face, les yeux du Menteur balancèrent de gauche à droite, presque chavirés, il avait l'air franc comme un cheval qui recule, et sa bouche tremblait. Elle tremblait tellement que Jack ne put résister, il lui envoya un revers de main, sec, violent, et Dieu sait si c'étaient des doigts durs. Les lèvres de Jimmy se mirent à gonfler ; un peu de sang coula aux commissures ; il recula. Il avait l'air d'un gosse battu.

Jack lui mit dans la main le sac de papier.

– Tiens. Voilà ta joncaille. Je te l'ai dit, tu as vingt-quatre heures pour disparaître. Je ne te chercherai probablement pas, ce n'est pas sûr, je ne sais pas encore. Mais fais comme si, conseil d'ami. Je ne sais pas pourquoi je dis ce mot-là en te parlant.

En silence, Jimmy le regardait. Puis il fit un demi-tour vers la porte.

– Et le jour où je te trouve sur mon chemin, maintenant, plus tard ou dans dix ans, adieu le Menteur, je te bute.

Il referma derrière lui. Monica habitait toujours dans la tête de Jackie avec sa figure et sa peau aussi douces l'une que l'autre, et la gueule de gosse qu'elle avait eue la veille de sa mort. Il ne pouvait pas rester seul, il avait essayé, rien à faire, il devenait dingue. Et pour la conversation, le mec José, ça avait beau ne pas être le mauvais cheval, il était juste tout le temps à le saouler avec le genre de baratin que Jack ne pouvait pas entendre. Des histoires de tramps qui avaient… et puis qui avaient… et puis qui étaient…

Ne voulant pas être grossier, Jackie sortit dans les rues noires de la ville.

☆

Avec Panamá, Guayaquil est le seul port véritablement cosmopolite de la côte du Pacifique Sud. Je veux dire avec ce que ça peut avoir de louche, de douteux, d'inquiétant et de dangereux. Il y a aussi Valparaíso, mais le Chilien est trop civilisé, trop foncièrement gentil et intelligent. Tandis qu'à Guayaquil la racaille du continent s'est donné un rendez-vous permanent auquel elle reste étonnamment fidèle.

Jack s'en alla vers le centre; il descendit la calle Aguire, tourna à droite sur la place Sucre, entra au *Café de la Bourse*, où des Arméniens tenaient marché de faux papiers. C'était risqué: sa photo avait passé dans tous les journaux du continent, et on savait qu'il se trimbalait avec un chargement d'or, de quoi acheter la ville entière. Mais il avait toujours beaucoup compté sur la peur qu'il savait inspirer. Les Arméniens n'étaient pas des fous, après tout, ils savaient bien que pour un homme dans la situation de Jackie, la vie d'un trafiquant, ça ne pesait pas lourd. Ça ne valait pas plus que les cent dollars d'un passeport britannique, par exemple. Tout ce qu'il risquait donc, c'était de payer trop cher le document qu'il venait acheter là. Parce que, pour ce qui est de lui en passer un faux, ou un toquard, il ne fallait pas qu'ils y comptent. Il est myope, le Jackie; c'est dire que les plus petits détails d'un texte lui sautent aux yeux sans qu'il ait besoin d'une loupe.

Il trouva, assis à la première table, un type dont le nom se terminait en *ian*, comme tous ces gars-là, et qu'il connaissait de Panamá. Ça tombait bien, ça lui évitait d'entrer dans la salle ; il lui fit signe, et l'autre vint le rejoindre sur le trottoir.

– Hola, Jackie, te voilà.

– Salut, fils, c'est toi que je viens voir.

– Tu as besoin de moi ?

– Pas précisément, disons plutôt que je te donne la préférence. Il me faut un passeport belge ou anglais.

– Je vais être franc avec toi, Jack. Le prix normal d'un passeport, c'est cent dollars. Pour toi, ce sera deux mille.

– Ça va, tu es un honnête homme. Je te donne mille dollars pour un passeport de ces pays-là, mais authentique, en blanc et numéroté. Tout ce qui manquera, je me charge de l'ajouter.

– Dans ces conditions-là, c'est cinq mille.

– Mille bien pesé et pas un *cent* de plus.

– Non.

– Ça m'ennuie, parce que alors, à moi, il ne me reste plus qu'une chose à faire, c'est de te buter.

– Me buter ?

– Évidemment. Je ne vais pas te laisser aller raconter partout cette histoire-là, pour que les autres alignent leurs prix sur le tien ou que tu ailles réclamer la prime au gouvernement néo-grenadin de mes deux.

– Ne te fâche pas, Jackie, ne te fâche pas. Tu sais ce que c'est que les affaires. Tu ne peux pas payer le prix, qu'est-ce que tu veux que j'y fasse, moi ?

Il commençait à énerver son client, ce mec. Jack l'attrapa de la main gauche par le revers de sa veste et, à toutes fins utiles, le secoua légèrement.

– Je peux payer le prix et tu le sais. Je dispose de cinq cent mille dollars d'or, je ne t'apprends rien, je t'en donnerai mille parce que je suis généreux, et tu as une minute pour te décider.

– Ça va, puisque tu le prends comme ça, ça va.

– Et ne te trompe pas, je connais bien le truc des faux faffes, n'essaie pas de m'en filer de toquards ni de marquer le passeport, même de façon imperceptible et à un endroit convenu. Je ne manque pas d'amis dans la ville, et, maldonne ou pas, c'est toi qu'ils descendront s'il m'arrive quelque chose en route.

– Voyons, Jackie, tu me connais...

– Justement.

Il ne tenait plus en place, l'Arménien, il avait hâte que tout ça soit fini. Il demanda où il devait livrer le passeport.

– Ne sois pas puéril et ridicule. Tu n'as qu'à aller le chercher et descendre la rue centrale des bâtiments de la KLM à la place de la Bourse ; tu es arrivé à un bout, tu fais demi-tour, jusqu'à ce que tu me rencontres. Toujours sur le trottoir de la KLM.

– Jusqu'à quelle heure ?

– Tu verras bien.

Histoire qu'il soit bien amorcé, l'acheteur lui versa cash la moitié du prix et ajouta :

– Ce n'est pas avec ça que tu prendras l'avion pour New York. Mais si tu avais seulement l'idée de te terrer jusqu'à ce que j'aie trouvé un autre fournisseur, ça reviendrait pour toi exactement au même que si tu me balançais. Tu sais, j'ai des amis sur tout le continent et dans les principaux ports d'Europe. Alors, ou j'ai le passeport comme je t'ai dit dans une heure, ou tu as droit au chargeur.

Il secoua encore une ou deux fois le négociant avec précaution, juste assez pour le terrifier, assez peu pour éviter de l'écœurer définitivement, et s'en alla faire un tour en ville.

Dans un des grands cinémas du centre, on donnait une série de dessins animés d'un imitateur de Walt Disney, puisque, lui, on le boycotte en Amérique du Sud, depuis *Saludos Amigos*. Jackie entra là, et pendant deux heures, grâce à la gentillesse d'histoires où, mon Dieu, la vie de personne n'était en jeu, il commença pour la première fois à oublier un peu.

Ressorti en fin de séance, il s'en fut se poster sur le parcours de son Arménien. Le type était là, à faire les cent pas d'un air effaré, au milieu d'un trottoir à cette heure-là presque désert. Jackie traversa la rue, et le suivit de loin pendant un bon moment. Peur ou sens du commerce, le marchand de faux papiers n'avait prévenu personne, il était bien seul au rendez-vous. Jackie s'approcha par-derrière, et lui piqua un index entre deux côtes. L'autre fit un bond comme si vraiment il s'était agi du canon d'un revolver.

– Tu vois, ça serait facile, si tu n'étais pas régulier. Tu as le passeport ?

– Le voilà.

Examiné page par page, ligne par ligne, signe par signe, à la lueur d'un réverbère, le document se révéla correct. C'était un beau passeport belge, flambant neuf, avec tous les cachets, les signatures, les dates, et pas un mot sur le signalement du titulaire. Jack savait ce qu'il faisait en réclamant un papier du ministère des Affaires étrangères belge : il en avait étudié suffisamment dans sa vie au temps où, au Honduras, il était en cheville avec un peintre ou un graveur ou quelque chose comme ça, qui les maquillait pour les revendre. De ce temps-là, il avait gardé le chic pour dessiner les cachets. Ça servirait pour la photo.

– Voilà le reste des dollars. Je ne sais vraiment pas pourquoi je te paie ce prix-là. Rappelle-toi de fermer ta gueule, si tu ne veux pas qu'il t'en arrive autant aux environs de la septième côte.

Et de la pointe du couteau il déchira légèrement la figure du type, qui gémit à peine, puis Jackie disparut à reculons dans la nuit, d'une démarche dansante. Juste un avertissement. Il était sûr que l'autre le comprendrait comme ça.

☆

Il était complètement désœuvré maintenant, sans rien à faire avant le lendemain matin, où il s'occuperait de vendre l'or et de se trouver un passage sur un bateau quelconque à destination de n'importe où. Il pensait à la Chine.

Non sans logique, il se dirigea vers le quartier des bordels. Les pires histoires, les pires douleurs, les plus sincères, c'est comme ça que ça finit. Ce fut là, en poussant la porte du *Mayflower*, qu'il tomba nez à nez avec Jimmy.

– Alors, vieux, je t'avais pourtant dit de ne pas me rencontrer.

– Jack…

Le Menteur ne fit même pas un geste vers sa poche revolver. Il eut tort, Jackie n'avait que son couteau.

– Tourne-toi.

L'autre obéit bien poliment, le temps de se faire soulager de son colt, qui était armé, prêt à tirer.

– Allez, amène tes os, vieux, on va quand même pas faire ça ici.

L'impression de Jackie, c'était qu'en tuant cette ordure il se vengerait de tout : de la mort de George, que Jimmy voulait tuer, de celle de Monica, qu'il détestait, de la vacherie de la vie, des moustiques, des carites bouffant les cadavres de ceux qu'il aimait comme un salaud d'enfant avale un gâteau ; se venger de tout.

Il emmena l'agneau, le chacal du sacrifice, vers une espèce de terrain vague, cent mètres plus loin, bien à l'écart des maisons, et pourtant le bruit des boîtes à musique à cinq *sucres* le disque y parvenait bien nettement.

– Voilà, tu vas payer. J'ai le temps. Je vais peut-être tirer tout de suite, peut-être dans un quart d'heure, peut-être demain matin, tu verras bien, t'auras la surprise. De toute façon, ça sera le prix pour toi.

Le Menteur transpirait. Il avait envie que ça finisse et aussi bien envie que ça ne finisse jamais. Au bout d'une demi-heure, il suppliait.

– Tire ou laisse-moi partir, Jack, moi, je ne peux plus.

Jackie ne lui répondait même pas ; il rigolait. Jimmy fit le geste de se jeter sur lui. Jack l'écroula d'un coup de pied au bas-ventre ; le Menteur pleurait, se tenant à deux mains. Jack s'assit près de lui. Il lui cassa l'os de la tête à cinq heures du matin.

DU MÊME AUTEUR

Aux éditions Julliard

La Plus Grande Pente, nouvelles, 1961.
Les Aveux les plus doux, théâtre, 1954.
Prisons 53, reportage, 1953.
Schtilibem 41, poésie, 1953 ; Finitude, 2008.
Lumière de soufre, 1952.
Le Voyage du mauvais larron, 1951.
Le Salaire de la peur, 1950 ; Pocket, 2011.

Chez d'autres éditeurs

Juste avant l'aube, roman interrompu par la mort de l'auteur en 1987, repris et terminé par Jean Anglade, Presses de la Cité, 1990.
Chronique du crime et de l'innocence, JC Lattès, 1982.
L'Affaire Peiper, en collaboration avec R. Kahane, Atelier Marcel Jullian, 1978.
Mon procès, compte rendu illustré par Siné, Les Éditions de Minuit, 1961.
Maréchal P..., pièce en trois actes, E.F.R., 1958.
Pour Djamila Bouhired, en collaboration avec Jacques Vergès, écrit politique, Les Éditions de Minuit, 1957.
Indiens pas morts, récits et nouvelles, Delpire, 1956.
Les Oreilles sur le dos, Éditions du Scorpion, 1953 ; Julliard, 1974 (édition revue et corrigée) ; Phébus, 1997 ; Libretto n° 515, 2016.

Cet ouvrage
a été reproduit et achevé d'imprimer
en décembre 2015
dans les ateliers de Normandie Roto Impression s.a.s.
61250 Lonrai
N° d'imprimeur : 1504902

Imprimé en France

Dépôt légal : janvier 2016